फ़ोजा हराम दा

मण्टो अब तक-13

फ़ोजा हराम दा

सआदत हसन मण्टो

वाणी प्रकाशन

वाणी प्रकाशन

4695, 21-ए, दरियागंज, नयी दिल्ली 110 002

फ़ोन : +91 11 23273167 फ़ैक्स : +91 11 23275710

शाखाएँ

अशोक राजपथ, पटना 800 004, बिहार

कॉफ़ी हाउस कैम्पस, महात्मा गांधी मार्ग, इलाहाबाद 211 001, उत्तर प्रदेश

महात्मा गांधी अन्तरराष्ट्रीय हिन्दी विश्वविद्यालय, वर्धा 442 001, महाराष्ट्र

www.vaniprakashan.in
marketing@vaniprakashan.in
sales@vaniprakashan.in

PHOJA HARAM DA
by Saadat Hasan Manto

ISBN : 978-93-5072-291-6
Collection of Short Stories

संस्करण 2012
आवृत्ति 2018

मूल्य : ₹ 125

एम.एस. प्रिंटर्स, दिल्ली-110 095 में मुद्रित

वाणी प्रकाशन का लोगो मक़बूल फ़िदा हुसेन की कूची से

भूमिका

मण्टो की कहानियों के सम्बन्ध में एक और बात, जो बार-बार उभर कर सामने आती है, वह है समाज और व्यक्ति के आपसी रिश्तों, उनके परस्पर टकराव का सूक्ष्म चित्रण अपनी सारी समाजपरकता और सोद्देश्यता के बावजूद मण्टो 'व्यक्ति' का सबसे बड़ा हिमायती है। जहाँ वह व्यक्ति के रूप में आदमी द्वारा समाज पर किये गये हस्तक्षेपों के प्रति गाफ़िल नहीं है, वहीं वह उन असहज दबावों के भी ख़िलाफ़ है, जो समाज की ओर से व्यक्ति को सहने पड़ते हैं। समाज द्वारा व्यक्ति की आज़ादी के मूल अधिकारों के हनन को मण्टो एक जुर्म समझता है, उसी तरह जैसे व्यक्ति द्वारा जनता के शोषण को। मिसाल के तौर पर हम मण्टो की प्रसिद्ध कहानी 'नंगी आवाज़ों' को लें, जिसमें मण्टो ने पाकिस्तान में शरणार्थियों की एक छोटी सी कॉलोनी का चित्र खींचा है। कैसे मजबूरी में आदमी पशुओं के स्तर पर जीने लगता है और स्थितियों को कबूल कर लेता है और जो नहीं कबूल कर पाता, वह भोला की तरह अन्ततः पागल हो जाता है। यहाँ समस्या समूह की नहीं है—समूह तो उन हालात में सन्तुष्ट है ही—समस्या यहाँ व्यक्ति की है जो उन हालात को कबूल करने पर तैयार नहीं होता और तकलीफ़ पाता है। इस स्थिति में मण्टो की नज़र उस इन्सान पर है जो सामूहिक जीवन में अपनी निजता खो रहा है और इसीलिए मण्टो उन 'टाट के पर्दों' के ख़िलाफ़ ज़हर उगलता है जो इस निजता का गला घोंट रहे हैं।

लेकिन 'नंगी आवाज़ें' में अगर मण्टो की दृष्टि उन दबावों पर जाती है जो समाज व्यक्ति पर डालता है तो 'स्वराज के लिए' में उस हस्तक्षेप पर जो व्यक्ति समाज के प्रति करता है जब आदर्शों के कँटीले परिधान में व्यक्ति की यह निजता आहत होती है।

'नंगी आवाजें' की अपेक्षा 'स्वराज के लिए' कहीं अधिक गहरी और आक्रोश-भरी कहानी है जिसमें मण्टो ने अपनी बहुत-सी मान्यताओं को एकाग्र रूप में अभिव्यक्त किया है। कहानी, जैसा कि स्पष्ट है, महात्मा गाँधी और उनके आन्दोलन को पृष्ठभूमि में ले कर चलती है और उन आदर्शों की व्यर्थता सिद्ध करती है जो यथार्थ पर आधारित नहीं होते। मण्टो ने इस कहानी में प्रकारान्तर से यह स्वीकार तो किया है कि आदर्श जहाँ तक कि वे मानव की प्राकृतिक अच्छाई को बढ़ाने में योग

दें—प्रशंसनीय हैं लेकिन वह उनका अन्धानुकरण करने के सख़्त ख़िलाफ़ है। इस सिलसिले में मण्टो की धारणाएँ कितनी सही थीं यह आज़ादी के इन पच्चीस वर्षों में गाँधीवाद पर बस नहीं करती वरन उसे प्रतीक रूप में ले कर वह उन सारे वादों पर भी चोट करती है जो आदमी को नेक काम करने के लिए मदारी का चोला पहना देना चाहते हैं। किसी भी महत उद्देश्य को हासिल करने के लिए यह ज़रूरी नहीं कि आदमी अपनी इन्सानियत तज़ कर करिश्मेबाज़ी पर उतर आये जैसा कि 'स्वराज के लिए' के बाबा जी कराते हैं। एक व्यक्ति जब अपने व्यक्तिवाद द्वारा समूह को भेड़-बकरियाँ बनने के लिए प्रेरित करता है तो मण्टो उसे इन्सान की स्वभावगत अच्छाई का अपमान समझता है। प्रायः सभी देशों में जहाँ जनता धार्मिक अन्धविश्वासों में जकड़ी हुई है, राजनीति किस प्रकार व्यक्ति की सामाजिकता पर अपनी बदनुमा छाप छोड़ती है और व्यक्ति को ग़ैर-ईमानदार होने पर मजबूर करती है—यह भी मण्टो ने 'स्वराज के लिए' को माध्यम से अभिव्यक्त करना चाहा है। इसीलिए यह कहानी उस युग की सच्ची तस्वीर ही नहीं है, जिसे मण्टो ने देखा था, वरन उसकी कटुतम आलोचना भी है क्योंकि उन सारे आदर्शों में एक ऐसी घिनौनी सौदेबाज़ी थी जिससे बकौल मण्टो सारा आन्दोलन ठण्डी लस्सी में बदल गया।

'स्वराज के लिए' के साथ ही मुझे 'नया क़ानून' की भी याद हो आती है जिसमें एक अनपढ़ ताँगेवाले का अद्भुत हास्य-व्यंग्य और दर्द-भरा चित्र मण्टो ने किया है। जनता के एक ऐसे प्रतिनिधि का जो समझता है कि क़ानून के बदल जाने से स्थितियाँ भी बदल जायेंगी। मंगू कोचवान को देख कर उन हज़ारों-लाखों 'सुराजियों' की याद हो आती है जो यह समझते थे कि आज़ादी के बाद सारी स्थितियाँ आप से आप बदल जायेंगी। लेकिन सुराज आया और स्थितियाँ वैसी की वैसी रहीं बल्कि कहें तो और अधिक ख़राब ही हुईं—जब सारे देश में भ्रष्टाचार खुले तौर पर फैल गया और एक घिनौनी साज़िश के परिणामस्वरूप देश के टुकड़े कर दिये गये। साम्प्रदायिकता, ग़रीबी, अशिक्षा और पिछड़ापन वैसा का वैसा रहा। नेताओं ने गद्दियाँ सँभाल लीं और जनतन्त्र में से जनता धीरे-धीरे ग़ायब होती चली गयी। एक तन्त्र भर रह गया जिसमें चुनावों पर इतना रुपया ख़र्च कर दिया जाता है जितना कि एक छोटे-मोटे देश का वार्षिक बजट होता है।

नीलाभ

अनुक्रम

औरत ज़ात

महाराजा ग से रेस कोर्स पर अशोक की मुलाक़ात हुई। इसके बाद दोनों बे तकल्लुफ़ दोस्त बन गये।

महाराजा ग को रेस के घोड़े पालने का शौक़ ही नहीं ख़ब्त था। उसके अस्तबल में अच्छी से अच्छी नस्ल का घोड़ा मौजूद था और महल में जिसके गुम्बद रेस कोर्स से साफ़ दिखायी देते थे। तरह-तरह के अजायब मौजूद थे।

अशोक जब पहली बार महल में गया तो महाराजा ग ने कई घण्टे सर्फ़ करके उसको अपने तमाम नवादिर दिखाये। यह चीज़ें जमा करने में महाराजा को सारी दुनिया का दौरा करना पड़ा था। हर मुल्क का कोना-कोना छानना पड़ा था। अशोक बहुत मुतास्सिर हुआ। चुनांचे उसने नौजवान महाराजा ग के ज़ौक़-ए-इन्तेख़ाब की ख़ूब दाद दी।

एक दिन अशोक घोड़ों के टब लेने के लिये महाराजा के पास गया तो वह डार्क-रूम में फ़िल्म देख रहा था। उसने अशोक को वहीं बुलवा लिया। सेक्सन मिली मीटर फ़िल्म थे जो महाराजा ने ख़ुद अपने कैमरे से लिये थे। जब प्रोजेक्टर चला तो पिछली रेस पूरी की पूरी पर्दे पर दौड़ गयी। महाराजा का घोड़ा उस रेस में वन आया था।

उस फ़िल्म के बाद महाराजा ने अशोक की फ़रमाइश पर और कई फ़िल्म दिखाये। स्विट्ज़रलैंड, पेरिस, न्यूयार्क, होनोलूलू, हवाई, वादी-ए-कश्मीर—अशोक बहुत महजूज़ हुआ ये फ़िल्म कुदरती रंगों में थे।

अशोक के पास भी सेक्सन मिली मीटर कैमरा और प्रोजेक्टर था। मगर उसके पास फ़िल्मों का इतना ज़खीरा नहीं था। दरअसल उसको इतनी फ़ुर्सत ही नहीं मिलती थी कि अपना यह शौक़ जी भर के पूरा कर सके।

महाराजा जब कुछ फ़िल्म दिखा चुका तो उसने कैमरे में रोशनी की और बड़ी बेतकल्लुफ़ी से 'अशोक' की रान पर धप्पा मारकर कहा, "और सुनाओ दोस्त।"

अशोक ने सिगरेट सुलगाया "मज़ा आ गया फिल्म देख कर।"

"और दिखाऊँ।"

"नहीं-नहीं।"

"नहीं भाई, एक ज़रूर देखो—मज़ा आ जायेगा तुम्हें।" यह कहकर महाराजा ग ने एक सन्दूक़चा खोलकर एक रील निकाली और प्रोजेक्टर पर चढ़ा दी। "ज़रा इत्मीनान से देखना।"

अशोक ने पूछा, "क्या मतलब।"

महाराजा ने कमरे की लाइट·ऑफ़ कर दी, "मतलब यह कि हर चीज़ ग़ौर से देखन।" ये कहकर उसने प्रोजेक्टर का स्विच दबा दिया।

पर्दे पर चन्द लम्हात सिर्फ़ सफ़ेद रोशनी थरथराती रही, फिर एकदम तस्वीरें शुरू हो गयीं। एक अलिफ नंगी औरत सोफ़े पर लेटी थी। दूसरी सिंघार मेज़ के पास खड़ी अपने बाल सँवार रही थी।

अशोक कुछ देर ख़ामोश बैठा देखता रहा—इसके बाद एकदम उसके हलक़ से अजीब-ओ-ग़रीब आवाज़ निकली। महाराजा ने हँसकर उससे पूछा, "क्या हुआ?"

अशोक के हलक़ से आवाज़ फँस-फँसकर बाहर निकली "बन्द करो यार बन्द करो।"

"क्या बन्द करो?"

अशोक उठने लगा मगर महाराजा ग ने उसे पकड़ कर बैठा दिया, "यह फ़िल्म तुम्हें पूरी की पूरी देखनी पड़ेगी।"

फ़िल्म चलती रही। पर्दे पर ब्रहंगी मुँह खोले नाचती रही। मर्द और औरत का जिन्सी रिश्ता मादर ज़ाद उर्यानी के साथ थिरकता रहा। अशोक ने सारा वक़्त बेचैनी में काटा। जब फ़िल्म बन्द हुई पर्दे पर सिर्फ़ सफ़ेद रोशनी थी तो अशोक को ऐसा महसूस हुआ कि कुछ उसने देखा था प्रोजेक्टर की बजाय उसकी आँखें फेंक रही हैं।

महाराजा ग ने कमरे की लाइट आन की और अशोक की तरफ़ देखा और एक ज़ोर का क़हक़हा लगाया—"क्या हो गया है तुम्हें?"

अशोक कुछ सिकुड़ सा गया था। एकदम रोशनी होने के बायस उसकी आँखें भिंची हुई थीं। माथे पर पसीने के मोटे-मोटे क़तरे थे। महाराजा ग ने ज़ोर से उसकी रान पर धप्पा मारा और इस क़दर बेतहाशा हँसा कि उसकी आँखों में आँसू आ गये। अशोक सोफ़े पर से उठा। रूमाल निकाल कर अपने माथे का पसीना पोंछा। "कुछ नहीं यार।"

"कुछ नहीं क्या—मज़ा नहीं आया।"

अशोक का हलक़ सूखा हुआ था। थूक निगल कर उसने कहा, "कहाँ से लाये यह फ़िल्म?"

महाराजा ने सोफ़े पर लेटते हुए जवाब दिए, "पैरस से...पे री...पे री।"

अशोक ने सिर को झटका-सा दिया, "कुछ समझ में नहीं आता।"

"क्या?"

"यह लोग—मेरा मतलब है कमरे के सामने यह लोग कैसे..."

"यही तो कमाल है—है कि नहीं?"

"है तो सही" यह कहकर अशोक ने रूमाल से अपनी आँखें साफ़ कीं, "सारी तस्वीरें जैसे मेरी आँखों में फँस सी गयी हैं।"

महाराजा ग उठा। "मैंने एक दफ़ा चन्द लेडीज़ को यह फ़िल्म दिखाया।"

अशोक चिल्लाया—"लेडीज़ को?"

"हाँ-हाँ—बड़े मज़े ले ले कर देखा उन्होंने।"

"ग़लत।"

महाराजा ने बड़ी संजीदगी के साथ कहा, "सच कहता हूँ—एक दफ़ा देख कर दूसरी दफ़ा फिर देखा, चीख़ती, चिल्लाती और हँसती रहीं।"

अशोक ने अपने सिर को झटका सा दिया "हद हो गयी है—मैं तो समझता था वह बेहोश हो गयी होंगी।"

"मेरा भी यही ख़याल था, लेकिन उन्होंने ख़ूब लुत्फ़ उठाया।"

अशोक ने पूछा, "क्या यूरोपियन थीं?"

महाराजा ग ने कहा, "नहीं भाई—अपने देश की थीं—मुझसे कई बार यह फ़िल्म और प्रोजेक्ट माँग कर ले गयीं—मालूम नहीं कितनी सहेलियों को दिखा चुकी हैं।"

मैंने कहा...अशोक कुछ कहते-कहते रुक गया।

"क्या?"

"एक-दो रोज़ के लिए यह फ़िल्म दे सकते हो मुझे?"

"हाँ-हाँ ले जाओ!" यह कहकर महाराजा ने अशोक की पसलियों में ठोका दिया, "साले किसको दिखायेगा।"

"दोस्तों को।"

"दिखा जिसको भी तेरी मर्ज़ी!" यह कहकर महाराजा ग ने प्रोजेक्टर में से फ़िल्म का स्पूल निकाला। उसको दूसरे स्पूल पर चढ़ा दिया और डिब्बा अशोक के हवाले कर दिया—"ले पकड़...ऐश कर!"

अशोक ने डिब्बा हाथ में ले लिया तो उसके बदन में झुरझुरी सी दौड़ गयी। घोड़ों के टिप लेना भूल गया और चन्द मिनट इधर-उधर की बातें करने के बाद चला गया।

घर से प्रोजेक्टर ले जा कर उसने कई दोस्तों को यह फ़िल्म दिखायी तक़रीबन सब के लिए यंसानियत की यह उर्यानी बिलकुल नयी चीज़ थी। अशोक ने हर एक का रद्द-ए-अमल नोट किया। बाज़ ने ख़फ़ीफ़ सी घबराहट और फ़िल्म का एक-एक इंच ग़ौर से देखा। बाज़ ने थोड़ा सा देख कर आँखें बन्द कर लीं। बाज़

आँखें खुली रखने के बावजूद फ़िल्म को तमाम-ओ-कमाल तौर पर न देख सके। एक बर्दाश्त न कर सका और उठकर चला गया।

तीन-चार रोज़ के बाद अशोक को फ़िल्म लौटाने का ख़याल आया तो उसने सोचा क्यों न अपनी बीवी को दिखाऊँ। चुनांचे वह प्रोजेक्टर अपने घर ले गया। रात हुई तो उसने अपनी बीवी को बुलाया। दरवाज़े बन्द किये। प्रोजेक्टर का कनेक्शन बग़ैरा ठीक किया। फ़िल्म निकाल। उसको फ़िट किया। कमरे की बत्ती बुझायी और फ़िल्म चला दीया।

पर्दे पर चन्द लम्हात सफ़ेद रोशनी थरथरायी, फिर तस्वीरें शुरू हुईं। अशोक की बीवी ज़ोर से चीख़ी, तड़पी, उछली। उसके मुँह से अजीब-ओ-ग़रीब आवाज़ें निकलीं। अशोक ने उसे पकड़कर बैठाना चाहा तो उसने आँखों पर हाथ रख लिये और चीख़ना शुरू कर दिया–"बन्द करो–बन्द करो।"

अशोक ने हँसकर कहा, "अरे भई देख लो...शरमाती क्यों हो।"

"नहीं-नहीं" यह कहकर वह हाथ छुड़ाकर भागना चाही।

अशोक ने उसको ज़ोर से पकड़ लिया। वह हाथ जो उसकी आँखों पर था एक तरफ़ खींचा। इस खींचातानी में दफ़तन अशोक की बीवी ने रोना शुरू कर दिया। अशोक को ब्रेक सी लग गयी। उसने तो महज़ तफ़रीह की ख़ातिर अपनी बीवी को फ़िल्म दिखायी थी।

रोती और बड़बड़ाती उसकी बीवी दरवाज़ा खोलकर बाहर निकल गयी। अशोक चन्द लम्हात बिलकुल ख़ाली उज़ ज़ेहन बैठा नंगी तस्वीरें देखता रहा, जो हैवानी हरकात में मशग़ूल थीं, फिर एकदम उसने मामले की नज़ाकत को महसूस किया। इस एहसास ने उसे खिजालत के समन्दर में ग़र्क़ कर दिया...उसने सोचा मुझसे बहुत ही नाज़ेबा हरकत सरज़द हुई। लेकिन हैरत है कि मुझे इसका ख़याल तक न आया–दोस्तों को दिखायी थी। ठीक था। घर में और किसी को नहीं, अपनी बीवी–अपनी बीवी को–उसके माथे पर पसीना आ गया।

फ़िल्म चल रही थी। मादरज़ाद ब्रहंगी मुख़्तलिफ़ आसन इख़्तियार करती दौड़ रही थी। अशोक ने उठकर स्विच ऑफ़ कर दिया–पर्दे पर सब कुछ बुझ गया। मगर उसने अपनी निगाहें दूसरी तरफ़ फेर लीं। उसका दिल-ओ-दिमाग़ शर्मसारी में डूबा हुआ था, यह एहसास उसको चुभ रहा था कि उससे एक निहायत ही नाज़ेबा–निहायत ही वाहियात हरकत सरज़द हुई है। उसने यहाँ तक सोचा कि वह कैसे अपनी बीवी से आँख मिला सकेगा।

कमरे में घुप अँधेरा था। एक सिगरेट सुलगा कर उसने एहसास-ए-निदामत को मुख़्तलिफ़ ख़यालों के ज़रिया से दूर करने की कोशिश की। मगर कामयाब न हुआ। थोड़ी देर दिमाग़ में इधर-उधर हाथ मारता रहा। जब चारों तरफ़ से सरज़नश ही सरज़नश हुई तो ज़िच बिच हो गया। और एक अजीब सी ख़्वाहिश उसके दिल

में पैदा हुई कि जिस तरह कमरे में अँधेरा है उसी तरह उसके दिमाग़ पर भी अँधेरा छा जाये।

बार-बार उसे यह चीज़ सता रही थी, "ऐसी वाहियात हरकत और मुझे ख़याल तक न आया।"

फिर वह सोचता—"बात अगर सास तक पहुँच गयी—सालियों को पता चल गया। मेरे मुताल्लिक़ क्या राय क़ायम करेंगे ये लोग कि ऐसे गिरे हुए एख़लाक़ का आदमी निकला—ऐसी गन्दी ज़हन्नियत कि अपनी बीवी को..."

तंग आकर अशोक ने सिगरेट सुलगाया। वह नंगी तस्वीरें जो वह कई बार देख चुका था उसकी आँखों के सामने नाचने लगीं—उनके अक़ब में उसे अपनी बीवी का चेहरा नज़र आता। हैरान-ओ-परेशान, जिसने ज़िन्दगी में पहली बार उफूनत का इतना बड़ा ढेर देखा हो। सिर झटक कर अशोक उठा और कमरे में टहलने लगा। मगर इससे भी उसका इज़्तिराब दूर न हुआ।

थोड़ी देर के बाद वह दबे पाँव कमरे से बाहर निकला। साथ वाले कमरे में झाँक कर देखा। उसकी बीवी मुँह सिर लपेटकर लेटी हुई थी। काफ़ी देर खड़ा सोचता रहा कि अन्दर जा कर मुनासिब-ओ-मौज़ूँ अल्फ़ाज़ में उससे माफ़ी माँगे, मगर ख़ुद में इतनी जुरअत पैदा न कर सका। दबे पाँव लौटा और अँधेरे कमरे में सोफ़े पर लेट गया। देर तक जागता रहा, आख़िर सो गया।

सुबह-सवेरे उठा। रात का वाक़या उसके ज़ेहन में ताज़ा हो गया। अशोक ने बीवी से मिलना मुनासिब न समझा और नाश्ता किये बग़ैर निकल गया।

ऑफ़िस में दिल लगाकर उसने कोई काम न किया। यह एहसास उसके दिल-ओ-दिमाग़ के साथ चिपक कर रह गया था—"ऐसी वाहियात हरकत और मुझे ख़याल तक न आया।"

कई बार उसने घर बीवी को टेलीफ़ोन करने का इरादा किया मगर हर बार नम्बर के आधे हिन्द से घुमा कर रिसीवर रख दिया। दोपहर को घर से जब उसका खाना आया तो उसने नौकर से पूछा, "मेम साहब ने खाना खा लिया?"

नौकर ने जवाब दिया, "जी नहीं"—"वह कहीं बाहर गये हैं।"

"कहाँ?"

"मालूम नहीं साहब!"

"कब गये थे?"

"ग्यारह बजे।"

अशोक का दिल धड़कने लगा। भूख ग़ायब हो गयी। दो-चार निंवाले खाये और हाथ उठा लिया। उसके दिमाग़ में हलचल मच गयी थी। तरह-तरह के ख़यालात पैदा हो रहे थे "ग्यारह बजे—अभी तक लौटी नहीं—गयी कहाँ है—माँ के पास? क्या वह उसे सब कुछ बता देगी?—ज़रूर बताएगी। माँ से बेटी सब कुछ

कह सकती है—हो सकता है बहनों के पास गयी हो—सुनेंगी तो क्या कहेंगी?—दोनों मेरी इज़्ज़त करती थीं—जाने बात कहाँ से कहाँ पहुँचेगी—ऐसी वाहियात हरकत और मुझे ख़याल तक न आया—"

अशोक ऑफ़िस से बाहर निकल गया। मोटर ली और इधर-उधर आवारा चक्कर लगाता रहा। जब कुछ समझ में न आया तो उसने मोटर का रुख़ घर की तरफ़ फेर दिया। "देखा जायेगा जो कुछ होगा।"

घर के पास पहुँचा तो उसका दिल ज़ोर-ज़ोर से धड़कने लगा। जब लिफ़्ट एक धचके के साथ ऊपर उठी तो उसका दिल उछलकर उसके मुँह में आ गया।

लिफ़्ट तीसरी मंज़िल पर रुकी। कुछ देर सोचकर उसने दरवाज़ा खोला। अपने फ़्लैट के पास पहुँचा तो उसके क़दम रुक गये उसने सोचा कि लौट जाये। मगर फ़्लैट का दरवाज़ा खुला और उसका नौकर बीड़ी पीने के लिए बाहर निकला। अशोक को देख कर उसने बीड़ी हाथ में छुपा ली और सलाम किया। अशोक को अन्दर दाख़िल होना पड़ा।

नौकर पीछे-पीछे आ रहा था। अशोक ने पलटकर उससे पूछा, "मेम साहब कहाँ हैं?"

नौकर ने जवाब दिया, "अन्दर कमरे में।"

"और कौन है?"

"उनकी बहनें साहब—कोलाबे वाले साहब की मेम साहब और दो पारसी बाइयाँ!"

यह सुन कर अशोक बड़े कमरे की तरफ़ बढ़ा। दरवाज़ा बन्द था। उसने धक्का दिया। अन्दर से अशोक की बीवी की पतली मगर तेज़ आवाज़ आयी—"कौन है?"

नौकर बोला, "साहब।"

अन्दर कमरे में एकदम गड़बड़ शुरू हो गयी। चीख़ें बुलन्द हुईं। दरवाज़ों की चिटख़नियाँ खुलने की आवाज़ें आयीं। खट-खट, फट-फट हुई। अशोक कॉरीडोर से होता पिछले दरवाज़े से कमरे में दाख़िल हुआ तो उसने देखा कि प्रोजेक्टर चल रहा है और पर्दे पर दिन की रोशनी में धुन्धली इंसानी शक्लें एक नफ़रत अंगेज़ मकांकी यक आहंगी के साथ हैवानी हरकात में मशग़ूल हैं।

अशोक बेतहाशा हँसने लगा।

4 जून, 1950 ई.

चौदहवीं का चाँद

अक्सर लोगों का तर्ज़-ए-ज़िन्दगी उनके हालात पर मुन्हसर होता है और बाज़ बेकार अपनी तक़दीर का रोना रोते हैं। हालाँकि उससे हासिल-वसूल कुछ भी नहीं होता। वह समझते हैं अगर हालात बेहतर होते तो वह ज़रूर दुनिया में कुछ कर दिखाते। बेश्तर ऐसे भी हैं जो मजबूरियों के बायस क़िस्मत पर शाकिर रहते हैं। उनकी ज़िन्दगी उन ट्राम कारों की तरह है जो हमेशा एक ही पटरी पर चलती रहती हैं। जब कंडम हो जाती हैं तो उन्हें महज़ लोहा समझ कर किसी कबाड़ी के पास फ़रोख़्त कर दिया जाता है।

ऐसे इंसान बहुत कम हैं जिन्होंने हालात की परवाह न करते हुए ज़िन्दगी की बाग-डोर अपने हाथ में सँभाल ली। टॉम्सन विल्सन भी उसी कबील से था।

उसने अपनी ज़िन्दगी बदलने के लिए अनोखा क़दम उठाया, पर उसकी मंज़िल का चूँकि कोई पता नहीं था। इसलिए उसकी कामयाबी के बारे में अन्दाज़ा लगाना मुश्किल था।

उससे उस अनोखेपन के बारे में मैंने बहुत कुछ सुना। सबसे पहले लोग यही कहते कि वह बहुत ख़िलवत पसन्द है। लेकिन मैंने दिल में तहय्या कर लिया कि किसी-न-किसी हीले उसे अपनी दास्तान-ए-ज़िन्दगी बयान करने पर आमादा कर लूँगा। क्योंकि मुझे दूसरे आदमियों के बयान की सदाक़त पर एतमाद नहीं था।

मैं चन्द रोज़ के लिए एक सेहत-अफ़ज़ा मकाम पर गया। वहीं उससे मुलाक़ात हुई। मैं दरिया किनारे अपने मेज़बान के साथ खड़ा था कि वह एकदम पुकार उठा—"विलसन।"

मैंने पूछा, "कहाँ है?"

मेरे मेज़बान ने जवाब दिया, "अरे भई! वही जो मुँडेर पर नीली कमीज़ पहने हमारी तरफ़ पीठ किये बैठा है।"

मैंने उस तरफ़ देखा और मुझे नीली कमीज़, सफ़ेद बालों वाला सिर नज़र नहीं आया। मेरी बड़ी ख़्वाहिश थी कि वह मुड़ कर देखे और हम उसे सैरओ-तफ़रीह के लिए साथ ले जायें।

उस वक़्त सूरज का अक्स दरिया में डूब रहा था। सैर करने वाले चहचहा रहे थे। इतने में गिरजे की यक आहंग घण्टियाँ बजने लगीं।

मैं उस वक़्त कुदरत की दिल फरेबियों से इस क़दर मसहूर हो चुका था कि विल्सन को अपनी तरफ़ आते न देख सका। जब वह मेरे पास से गुज़रा तो मेरे दोस्त ने उसे रोक लिया और उसका मुझसे तारूफ़ कराया। उसने मेरे साथ हाथ मिलाया, लेकिन किसी क़दर बे ए'तनाई से—मेरे दोस्त ने उसको महसूस किया और उसको शराब की दावत दी।

मदअउ किये जाने पर वह मुस्कराया। अगरचः उसके दाँत ख़ूबसूरत न थे फिर भी उसकी मुस्कराहट दिलकश थी—वह नीली कमीज़ और ख़ाकस्तरी पतलून पहने था जो किसी हद तक मैली थी। उसके लिबास को उसके जिस्म की बनावट से कोई मुनासबत नहीं थी।

उसका चेहरा लम्बूतरा, पतले होंट और आँखें भूरे रंग की थीं। चेहरे के ख़तूत नुमायाँ, जिनसे नुमायाँ था कि जवानी में वह ज़रूर कुबूल सूरत होगा। वज़अक़्तअ के एतबार से वह किसी बीमा कम्पनी का एजेंट मालूम होता था।

हम चहलक़दमी करते, एक रेस्तराँ में पहुँच कर उससे मिले-जुले बाग़ीचे में बैठ गये और बैरे को शराब लाने के लिए कहा। होटल वाले की बीवी भी वहाँ मौजूद थी। अधेड़पन की वजह से अब उसमें वह बात नहीं रही थी। लेकिन चेहरे का निखार अब भी गुज़री हुई करारी जवानी की चुग़लियाँ खा रहा था।

तीस साल पहले बड़े-बड़े आर्टिस्ट उसके दीवाने थे। उसकी बड़ी-बड़ी शराबी आँखों और शहद भरी मुस्कराहटों में अजब दिलकशी थी।

हम तीनों बैठे यूँ ही इधर-उधर की बातें करते रहे चूँकि मौज़ूँ दिलचस्प नहीं थे, इसलिए विल्सन थोड़ी देर के बाद रुख़सत माँग कर चला गया। हम भी उसके रुख़सत होने पर उदास हो गये।

रास्ते में मेरे दोस्त ने विल्सन के बारे में कहा, "मुझे तो तुम्हारी सुनाई हुई कहानी बे सर-ओ-पा मालूम होती है।"

"क्यों?"

"वह इस क़िस्म की हरकत का मर्तकब नहीं हो सकता।"

उसने कहा, "कोई शख़्स किसी की फ़ितरत के मुतालिक़ सही अन्दाज़ा कैसे लगा सकता है?"

"मुझे तो वह आम इंसान दिखायी देता है, जो चन्द महफ़ूज़ कफ़ालतों के सहारे कारोबार से अलाहिदा हो चुका है।"

"तुम यही समझो, ठीक है।"

दूसर दिन दरिया किनारे विल्सन हमें फिर दिखायी दिया। भूरे रंग का लिबास पहने, दाँतों में पाइप दबाये खड़ा था। ऐसा मालूम होता था कि उसके चेहरे की

झुर्रियाँ और सफ़ेद बालों से भी जवानी फूट रही है।

हम कपड़े उतार कर पानी के अन्दर चले गये। जब मैं नहा कर बाहर निकला तो विल्सन ज़मीन पर औंधे मुँह लेटा कोई किताब पढ़ रहा था। मैं सिगरेट सुलगा कर उसके पास गया।

उसने किताब से नज़रें हटा कर मेरी तरफ़ देखा और पूछा, "बस नहा चुके।"

मैंने जवाब दिया, "हाँ—आज तो लुत्फ़ आ गया—दुनिया में इससे बेहतर नहाने की और कोई जगह नहीं हो सकती—तुम यहाँ कितनी मुद्दत से हो।"

उसने जवाब दिया, "पन्द्रह बरस से।"

यह कह कर वह दरिया की मचलती हुई नीली लहरों की तरफ़ देखने लगा। उसके बारीक होंटों पर लतीफ़ सी मुस्कराहट खेलने लगी, "पहली बार यहाँ आते ही मुझे उस जगह से मुहब्बत हो गयी—तुम्हें उस जर्मन का क़िस्सा मालूम है, जो एक बार यहाँ लंच खाने आया और यहीं का हो के रह गया—वह चालीस साल यहाँ रहा—मेरा भी यही हाल होगा। चालीस बरस नहीं तो पचीस तो कहीं नहीं गये।"

मैं चाहता था कि वह अपनी गुफ़्तगू जारी रखे। उसके अल्फ़ाज़ से ज़ाहिर था कि उसके अफ़साने की हक़ीक़त ज़रूर कुछ है।

इतने में मेरा दोस्त भीगा हुआ हमारी तरफ़ आया। बहुत खुश था। क्योंकि वह दरिया में एक मील तैर कर आ रहा था। उसके आते ही हमारी गुफ़्तगू का मौज़ूँ बदल गया और बात अधूरी रह गयी।

इसके बाद विल्सन से कई बार मुलाक़ात हुई। उसकी बातें बड़ी दिलचस्प होतीं। वह उस जंज़ीरे के चप्पे-चप्पे से वाक़िफ़ था।

एक दिन चाँदनी रात का लुत्फ़ उठाने के बाद मैंने और मेरे दोस्त ने सोचा कि चलो मांटी सलारो की पहाड़ी की सैर करें। मैंने विल्सन से कहा कि "आओ यार तुम भी हमारे साथ चलो।"

विल्सन ने मेरी दावत कुबूल कर ली। लेकिन मेरा दोस्त तबियत ख़राब का बहाना कर के हम से जुदा हो गया। खैर हम दोनों पहाड़ी की जानिब चल दिये और उस सैर का ख़ूब लुत्फ़ उठाया। शाम के धुँधलके में थके-माँदे सराय में आये।

खाने का इन्तज़ाम पहले ही कर रखा था, जो बहुत लजीज़ साबित हुआ। शराब अंगूर की थी। पहली बोतल तो सिवइयाँ खाने के साथ ही ख़त्म हो गयी। दूसरी जाम के आख़री घूँट पीने के बाद मेरे और विल्सन के दिमाग़ में बयक वक़्त यह ख़्याल समाने लगा कि ज़िन्दगी कुछ ऐसी दुश्वार नहीं।

हम उस वक़्त बाग़ीचे में अंगूरों से लदी हुई बेल के नीचे बैठे थे। रात की ख़ामोश फ़ज़ा में ठण्डी हवा चल रही थी। सराय की ख़ादिमा हमारे लिए पनीर और

अंजीरें ले आयी।

विल्सन थोड़े से वक़्फ़े के बाद मुझसे मुख़ातिब हुआ। "हमारे चलने में अभी काफ़ी देर है। चाँद कम-से-कम एक घण्टे तक पहाड़ी के ऊपर आयेगा।"

मैंने कहा, "हमारे पास फ़ुर्सत ही फ़ुर्सत है—यहाँ आ कर कोई भी इंसान उज़लत के मुताल्लिक़ नहीं सोच सकता।"

विल्सन मुस्कराया—"फ़ुर्सत—काश लोग इससे वाक़िफ़ होते। हर इंसान को यह चीज़ मुफ़्त मुयस्सर हो सकती है। लेकिन लोग कुछ ऐसे बेवकूफ़ हैं कि वह इसे हासिल करने की कोशिश ही नहीं करते—काम?—कमबख़्त, इतना समझने के भी अहल नहीं कि काम करने से ग़रज़ सिर्फ़ फ़ुर्सत हासिल करना है।"

शराब का असर अमूमन बाज़ लोगों को ग़ौर-ओ-फ़िक्र की तरफ़ ले जाता है—विल्सन का ख़याल अपनी जगह दुरुस्त था, मगर कोई अछूती और अनोखी बात नहीं थी।

उसने सिगरेट सुलगाया और कहने लगा, "जब मैं पहली बार यहाँ आया तो चाँदनी रात का समाँ था—आज भी वही चौदहवीं का चाँद आसमान पर नज़र आयेगा।"

मैं मुस्करा दिया—"ज़रूर नज़र आयेगा।"

वह बोला, "दोस्त मेरा मज़ाक़ न उड़ाओ—जब मैं अपनी ज़िन्दगी के पिछले पन्द्रह बरसों पे नज़र डालता हूँ तो मुझे यह तवील अर्सा एक महीने का धुन्धला वक़्फ़ा सा लगता है—आह वह रात जब पहली बार मैंने चबूतरे पर बैठ कर चाँद का नज़ारा किया। किरणें दरिया की सतह पर चाँद के पतरे चढ़ा रही थीं। मैंने उस वक़्त शराब ज़रूर पी रखी थी, लेकिर दरिया के नज़ारे और आस-पास की फ़ज़ा ने जो नशा पैदा किया, वह शराब कभी पैदा न कर सकती।"

उसके होंट खुश्क होने लगे। उसने अपना गिलास उठाया मगर वह ख़ाली था। एक बोतल मँगवायी गयीं। विल्सन ने दो-चार बड़े-बड़े घूँट पिये और कहने लगा, "अगले दिन में दरिया किनारे नहाया और जज़ीर में इधर-उधर घूमता रहा—बड़ी रौनक थी—मालूम हुआ कि हुस्न-ओ-इश्क़ की देवी अफ़रोडायट का न्यूड हए है—अगर मेरी तक़दीर में सदा बैंक का मुन्तज़म होना ही लिखा होता तो यक़ीनन मुझे ऐसी सैर कभी नसीब न होती।"

मैंने उससे पूछा, "क्या तुम किसी बैंक के मैनेजर थे?"

"हाँ भाई था—वह रात मेरे क़याम की आख़िरी रात थी। क्योंकि पीर की सुबह को मुझे बैंक में हाज़िर होना था, पर जब मैंने चाँद, दरिया और कश्तियों को देखा तो ऐसा बेख़ुद हुआ कि वापस जाने का ख़याल मेरे ज़ेहन से उतर गया।"

इसके बाद उसने अपने गुज़रता वाक़आत तफ़सील से बताये और कहा कि वह जज़ीरे में पन्द्रह साल से मुक़ीम है और अब उसकी उम्र उंचास बरस की थी।

पहली बार जब वह यहाँ आया तो उसने सोचा कि मुलाज़मत का तौक़ गले से उतार देना चाहिए और ज़िन्दगी के बाक़ी अय्याम यहाँ की मसहूर कुन फ़ज़ाओं में गुज़ारने चाहिए।

जंज़ीरे की फ़ज़ा और चाँद की रोशनी विल्सन के दिमाग़ पर इस क़दर ग़ालिब आयी कि उसने बैंक की मुलाज़मत तर्क कर दी। अगर वह चन्द बरस और वहाँ रहता तो उसे माकूल पेंशन मिल जाती। मगर उसने उसकी मतलक परवाह न की। अलबत्ता बैंक वालों ने उसे उसकी ख़िदमत के अवज़ इनाम दिया। विल्सन ने अपना घर बेचा और जज़ीरे का रुख़ किया। उसके अपने हिसाब के मुताबिक वह पचीस बरस तक ज़िन्दगी बसर कर सकता था।

मेरी उससे कई मुलाक़ातें हुईं। उस दौरान में मुझे मालूम हुआ कि वह बड़ा एतदाल पसन्द है। उसे कोई ऐसी बात गवारा नहीं जो उसकी आज़ादी में ख़लल डाले, इसी वजह से औरत भी उसको मतास्सिर न कर सकी। वह सिर्फ़ कुदरती मनाज़र का परस्तार था। उसकी ज़िन्दगी का वाहिद मक़सद सिर्फ़ अपने लिए खुशी तलाश करना था और उसे यह नायाब चीज़ मिल गयी थी।

बहुत कम इंसान खुशी की तलाश करना जानते हैं। मैं नहीं कह सकता वह समझदार था या बेवकूफ़। इतना ज़रूर है कि अपनी ज़ात के हर पहलू से बख़ूबी वाक़िफ़ था।

आख़री मुलाक़ात के बाद मैंने अपने मेज़बान दोस्त से रुख़सत चाही और अपने घर रवाना हो गया। इस दौरान में जंग छिड़ गयी और मैं तेरह बरस तक उसा जज़ीरे पर न जा सका।

तेरह बरस के बाद जब मैं जज़ीरे पर पहुँचा तो मेरे दोस्त की हालत बहुत ख़स्ता हो चुकी थी। मैंने एक होटल में कमरा किराये पर लिया। खाने पर अपने दोस्त से विल्सन के मुताल्लिक़ बात हुई।

वह ख़ामोश रहा। उसकी यह ख़ामोशी बड़ी अफ़सुर्दा थी। मैंने बेचैन हो कर पूछा, "कहीं उसने ख़ुदकशी तो नहीं कर ली।"

मेरे दोस्त ने आह भरी—"यह दर्द भरी दास्तान मैं तुम्हें क्या सुनाऊँ—विल्सन की स्कीम मालूम थी कि वह पचीस बरस आराम से गुज़ार सकता है पर उसे यह मालूम नहीं था कि आराम के पचीस बरस गुजारने के साथ ही उसकी कुव्वत-ए-इरादी ख़त्म हो जायेंगी।"

कुव्वत-ए-इरादी को ज़िन्दा रखने के लिए कशमकश ज़रूरी है। हमवार ज़मीन पर चलने वाले पहाड़ियों पर नहीं चढ़ सकते—उसका तमाम रुपया ख़त्म हो गया। उधार लेता रहा। लेकिन यह सिलसिला कब तक जारी रहता। क़र्ज़ ख़्वावों ने उसे तंग करना शुरू किया। आख़िर एक रोज़ उसने अपनी झोंपड़ी के उस कमरे में जहाँ वह सोता था, बहुत से कोयले जलाये और दरवाज़ा बन्द कर दिया—

सुबह जब उसकी नौकरानी नाश्ता तैयार करने आयी तो उसे बेहोश पाया... लोग उसे अस्पताल ले गये। बच गया पर उसका दिमाग़ क़रीब-क़रीब माउफ हो गया—मैं उससे मिलने गया लेकिन वह कुछ इस तरह हैरान नज़रों से मेरी तरफ़ देखने लगा, जैसे मुझे पहचान नहीं सका।

मैंने अपने दोस्त से पूछा, "अब कहाँ रहता है।"

घर-बार तो उसका नीलाम हो गया है—पहाड़ियों पर आवारा फिरता रहता है। मैंने एक-दो बार उसे पुकारा मगर वह मेरी शक्ल देखते ही जंगली हिरनों की तरह कुलाचें भरता दौड़ गया।"

दो-तीन दिन के बाद जब मैं और मेरा दोस्त चहलक़दमी कर रहे थे कि मेरा दोस्त ज़ोर से पुकारा—"विल्सन।"

मेरी निगाहों ने उसे ज़ैतून के पेड़ के पीछे छिपता देखा। हमारे क़रीब पहुँचने पर उसने कोई हरकत न की बस चुपचाप खड़ा रहा। फिर एकाएकी हैवानों के मानिन्द बेतहाशा माँगना शुरू कर दिया। इसके बाद मैंने फिर उसको कभी न देखा।

घर वापस आया तो एक बरस के बाद मेरे दोस्त का ख़त आया कि विल्सन मर गया है। उसक़ी लाश पहाड़ी के किनारे पड़ी थी। चेहरे से यह ज़ाहिर होता था कि सोते में दम निकल गया है—उस रात चौदहवीं का चाँद था—मेरा ख़याल है शायद यह चौदहवीं का चाँद ही उसकी मौत का सबब हो।

सिराज

नागपाड़ा पुलिस चौकी के उस तरफ़ जो छोटा-सा बाग़ है, उसके बिलकुल सामने, ईरानी होटल के बाहर, खम्बे के साथ लगकर ढूँडू खड़ा था—दिन ढले, मुक़र्रर वक़्त पर ढूँडू वहाँ पहुँच जाता और सुबह चार बजे तक अपने धन्धे में मसरूफ़ रहता।

मालूम नहीं, उसका असली नाम क्या था, मगर सब उसे ढूँडू कहते थे; इस लिहाज़ से तो यह नाम बहुत मुनासिब था कि उसका काम अपने मुवक्किलों के लिए उनकी ख़्वाहिश और पसन्द के मुताबिक हर नस्ल और हर रंग की लड़कियाँ ढूँढ़ना था।

वह यह धन्धा क़रीब-क़रीब दस बरस से कर रहा था—इस दौरान में हज़ारों लड़कियाँ उसके हाथों से गुज़र चुकी थीं; हर मज़हब की, हर नस्ल की, हर मिज़ाज की।

उसका अड्डा शुरू ही से वही रहा था; नागपाड़ा पुलिस चौकी के उस तरफ़, बाग़ के बिलकुल सामने, ईरानी होटल के बाहर खम्बे के साथ।

वह खम्बा उसका निशान बन गया था; मुझे तो वह खम्बा ढूँडू ही मालूम होता था—मैं जब कभी उधर से गुज़रता, मेरी नज़र उस खम्बे पर ज़रूर पड़ती, जिस पर जगह-जगह चूने और कत्थे से लिथड़ी हुई उँगलियाँ पोंछी गयी थीं; मुझे ऐसा लगता कि ढूँडू खड़ा है और काली कांडी और सेंके की सुपारीवाला पान चबा रहा है।

वह खम्बा काफ़ी ऊँचा था—ढूँडू भी दराज़ क़द था।

खम्बे के ऊपर तारों का जाल-सा बिछा हुआ था, कोई तार दूर तक दौड़ता चला गया था और दूसरे खम्बे के तारों के उलझाव में मुदग़म[1] हो गया था; कोई तार किसी बिल्डिंग में और कोई तार किसी दुकान में चला गया था, ऐसा लगता था कि उस खम्बे की पहुँच दूर-दूर तक है और वह दूसरे खम्बों के साथ मिलकर सारे शहर पर छाया हुआ है। उस खम्बे के साथ टेलीफ़ोन के महकमे ने एक बक्स लगा रखा था, जिसके ज़रिए से वक़्तन-फ़वक़्तन[2] तारों की दुरुस्ती वग़ैरह की जाँच-पड़ताल की जाती थी—मैं अक्सर सोचता था कि ढूँडू भी उसी क़िस्म का एक

बक्स है, जो लोगों की जिंसी जाँच-पड़ताल के लिए खम्बे के साथ लगा रहता है, उसे आसपास के इलाक़े के अलावा दूर-दूर के उन तमाम सेठों का भी पता था, जिनको थोड़े-थोड़े वक़्फ़ों के बाद या हमेशा ही अपनी जिंसी ख़्वाहिशात के तने हुए या ढीले तार दुरुस्त कराने की ज़रूरत महसूस होती थी।

उसे उन तमाम छोकरियों का भी पता था, जो उस धन्धे में थीं; वह उनके जिस्म के हर ख़द्दोख़ाल[3] से वाक़िफ़ था; उनकी हर नब्ज़ से आश्ना[4] था; कौन किस मिज़ाज की है और किस वक़्त और किस गाहक के लिए मौज़ूँ है, उसको इसका बख़ूबी अन्दाज़ा था—एक सिर्फ़ उसको सिराज के मुताल्लिक़ अभी तक कोई अन्दाज़ा नहीं हुआ था; वह अभी तक सिराज की गहराई तक नहीं पहुँच सका था।

ढूँडू कई बार मुझसे कह चुका था : "साली का मस्तक फिरेला है...समझ में नहीं आता मंटो साहब, कैसी छोकरी है...घड़ी में माशा, घड़ी में तोला, कभी आग, कभी पानी...अभी हँस रही है, कहकहे लगा रही है, फिर एकदम रोना शुरू कर देती है...साली की किसी से नहीं बनती, बड़ी झगड़ालू है; हर पैसिंजर से लड़ती है, साली से कई बार कह चुका हूँ कि देख, अपना मस्तक ठीक कर, वरना जा, जहाँ से आयी है; अंग पर तेरे कोई कपड़ा नहीं, खाने को तेरे पास डेढ़या नहीं; मारा-मारी और धाँधली से तो मेरी जान, काम चलेगा नहीं...पर वह भी एक तुख़्म है मंटो साहब, कुछ सुनती ही नहीं!"

मैंने सिराज को एक-दो मर्तबा देखा था—बड़ी दुबली-पतली लड़की थी, मगर ख़ूबसूरत; उसकी आँखें ज़रूरत से ज़्यादा बड़ी थीं; ऐसा लगता था कि वह उसके बैज़वी[5] चेहरे पर सिर्फ़ अपनी बड़ाई जताने की ख़ातिर छाई हुई हैं। मैंने जब उसको पहली मर्तबा क्लेयर रोड पर देखा था तो मुझे बड़ी उलझन हुई थी; मेरे दिल में यह ख़्वाहिश पैदा हुई थी कि उसकी आँखों से कहूँ, भई तुम थोड़ी देर के लिए एक तरफ़ हट जाओ कि मैं सिराज को देख सकूँ, लेकिन मेरी इस ख़्वाहिश के बावजूद, जो यक़ीनन मेरी आँखों ने उसकी आँखों तक पहुँचा दी होगी, वे उसी तरह उसके सफ़ेद बैज़वी चेहरे पर छाई रहीं...सिराज मुख़्तसर-सी थी, मगर इस इख़्तियार के बावजूद बड़ी जामे[6] मालूम होती थी; ऐसा लगता था कि वह एक सुराही है, जिसमें उसके हज़्म से ज़्यादा पानी मिली शराब भरने की कोशिश की गयी है, और नतीजे के तौर पर वह सैयाल[7] चीज़ दबाव के बायस इधर-उधर तड़पकर बह निकली है...मैंने पानी मिली शराब इसलिए कहा कि सिराज में तल्ख़ी थी, वही तल्ख़ी, जो तेज़ो-तुन्द शराब में होती है; ऐसा लगता था, किसी धोखेबाज़ ने उसमें पानी मिला दिया है कि मिक़दार ज़्यादा हो जाये; मगर सिराज में निसाइयत[8] की जो मिक़दार थी, वैसी की वैसी मौजूद थी; और उसकी झुँझलाहट से, जो उसके घने बालों से, उसकी तीखी नाक से, उसके भिंचे हुए होंटों से और

उसकी उँगलियों से, जो नक़्शानवीसों की नुकीली और तेज़-तेज़ पेंसिलें मालूम होती थीं, मैंने यह अन्दाज़ा लगाया था कि वह हर चीज़ से नाराज़ है; ढूँढू से, उस खम्बे से, जिसके साथ लगकर वह खड़ा रहता था; उन गाहकों से, जो उसके लिए लाये जाते थे; अपनी बड़ी-बड़ी आँखों से भी, जो उसके सफ़ेद बैज़वी चेहरे पर क़ब्ज़ा जमाये रखती थीं; वह हर चीज़ से नाराज़ थी—वह अपनी पतली-पतली उन उँगलियों से भी, जो नक़्शानवीसों की पेंसिलों की तरह तेज़ थीं, नाराज़ थी; शायद इसलिए कि जो नक़्शा वह बनाना चाहती थी, उसकी उँगलियाँ नहीं बना सकती थीं।

यह तो ख़ैर एक अफ़सानानिगार के तास्सुरात[9] हैं, जो छोटे-से तिल में संगे-अस्वद[10] की तमाम सख़्तियाँ बयान कर सकता है; आप ढूँढू की ज़बानी सिराज के मुताल्लिक़ कुछ सुनिये।

ढूँढू ने एक दिन मुझसे कहा : "मंटो साहब, आज साली ने फिर टण्टा कर दिया...वह तो जाने किस दिन का सवाब काम आ गया...और आपकी दुआ से यूँ भी नागपाड़ा चौकी के सब अफ़सर मेहरबान हैं, वरना आज ढूँढू अन्दर होता... आज उसने वह धमाल मचाई है कि मैं तो बाप रे बाप कहता रह गया..."

मैंने पूछा : "बात क्या हुई थी?"

"वही, जो हुआ करती है...मैंने लाख लानत भेजी अपनी हश्त-पुश्त[11] पर कि हरामी, जब तू उस छोकरी को अच्छी तरह जानता है तो फिर क्यों उँगली लेता है, क्यों, उसको निकालकर लाता है...तेरी माँ लगती है या बहन...मेरी तो अक़्ल काम नहीं करती मंटो साहब!"

हम दोनों ईरानी के होटल में बैठे हुए थे—ढूँढू ने कॉफ़ी मिली चाय पिर्च में उँड़ेली और सड़प-सड़प पीने लगा : "असल बात यह है कि साली से मुझे हमदर्दी है!"

मैंने पूछा : "क्यों?"

ढूँढू ने सिर को एक झटका दिया : "जाने कयों...? यह साला मालूम हो जाये तो रोज़-रोज़ का टण्टा न ख़त्म हो जाये..." फिर उसने एकदम पिर्च में प्याली औंधी करके मुझसे कहा : "आपको मालूम है...अभी तक कुँआरी है...!"

यक़ीन मानिए, मैं एक लहज़े के लिए चकरा गया : "कुँआरी?"

"आपकी जान की क़सम।"

मैंने चाहा कि वह अपनी बात पर नज़रेसानी[12] करे। मैंने कहा : "नहीं ढूँढू...!"

ढूँढू को मेरा यह शक नागवार मालूम हुआ : "मैं आपसे झूठ नहीं कहता मंटो साहब...सोलहा आने कुँआरी है...आप मुझसे शरत लगा लीजिए।"

मैं सिर्फ़ इसी क़दर कह सका : "मगर ऐसा क्यों कर हो सकता है?"

ढूँढू ने बड़े वसूक़[13] के साथ कहा : "ऐसा क्यों होने को नहीं सकता...

सिराज-जैसी छोकरी तो इस धन्धे में रहकर भी सारी उम्र कुँआरी रह सकती है... साली किसी को हाथ ही नहीं लगाने देती...मुझे उसकी सारी हिस्ट्री मालूम नहीं; इतना जानता हूँ कि पंजाबन है...लैमिंगटन रोड पर एक मेम साहब के पास थी; वहाँ से निकाली गयी कि हर पैसिंजर से लड़ती थी, फिर भी वहाँ उसने दो-तीन महीने निकाल लिए कि मडाम के पास दस-बीस और छोकरियाँ थीं, पर मंटो साहब, कोई कब तक किसी को खिलाता हूँ; मडाम ने एक दिन उसे तीन कपड़ों में निकाले बाहर किया...वहाँ से निकाली गयी तो वह फ़ारस रोड पर एक दूसरी मडाम के पास जा पहुँची; यहाँ भी उसका माथा वैसे का वैसा था; यहाँ उसने एक पैसिंजर को काट खाया! बड़ी मुश्किल से दो-तीन महीने यहाँ गुज़ारे...साली के मिज़ाज में तो जैसे आग भरी हुई है, अब कौन उसे ठण्डा करता फिरे, ...फिर ख़ुदा आपका भला करे, खेतवाड़ी के एक होटल में रही; पर यहाँ भी वही धमाल; होटल के मैनेजर ने आख़िर तंग आकर उसे चलता किया...क्या बताऊँ मंटो साहब, न साली को खाने का होश है, न पीने का, कपड़ों में जुए पड़ी हैं, सिर दो महीने से नहीं धोया...चरस के दो-एक सिगरेट कहीं से मिल जायें तो फूँक लेती है, या किसी होटल के बाहर खड़ी हो कर फ़िल्मी रिकार्ड सुनती रहती है..."

मेरे लिए यह तफ़सील काफ़ी थी; मैं अपने रद्दे-अमल से आपको आगाह नहीं करना चाहता कि अफ़सानानिगार की हैसियत से यह नामुनासिब है।

मैंने ढूँडू से महज़ सिलसिला-ए-गुफ़्तगू क़ायम रखने के लिए पूछा : "जब उसे इस धन्धे से कोई दिलचस्पी ही नहीं तो तुम उसे वापस क्यों नहीं भेज देते...किराया तुम मुझसे ले लो!"

ढूँडू को मेरी बात नागवार मालूम हुई : "मंटो साहब, किराये साले की क्या बात है...क्या मैं नहीं दे सकता?"

मैंने टोह लेनी चाही : "फिर तुम उसे वापस क्यों नहीं भेजते?"

ढूँडू कुछ अर्से के लिए ख़ामोश हो गया, फिर उसने कान में उड़सा हुआ सिगरेट का टुकड़ा निकालकर सुलगाया और धुएँ को नाक के दोनों नथुनों से बाहर फेंककर सिर्फ़ इतना कहा : "मैं नहीं चाहता कि वह जाये।"

मैंने सोचा कि उलझे हुए धागे का एक सिरा मेरे हाथ में आ गया है : "क्या तुम उससे मुहब्बत करते हो?"

ढूँडू पर शदीद रद्दे-अमल हुआ : "आप कैसी बातें करते हैं मंटो साहब!" फिर उसने अपने दोनों कान पकड़कर खींचे : "कुरआन की क़सम, मेरे दिल में ऐसा पलीद ख़याल कभी नहीं आया...मुझे तो सब..." वह रुक गया, फिर उसने कहा : "मुझे बस वह कुछ अच्छी लगती है..."

मैंने बड़ा सही सवाल किया : "क्यों?"

ढूँडू ने भी बड़ा सही जवाब दिया : "इसलिए...इसलिए कि वह दूसरों-जैसी

नहीं...बाक़ी जितनी हैं, सब पैसे की पीर हैं...हरामी हैं अव्वल दर्जे की...पर सिराज है ना, कुछ अजीबो-ग़रीब है...निकाल के लाता हूँ तो राज़ी हो जाती है, सौदा हो जाता है; टैक्सी या विक्टोरिया में बैठ जाती है...अब मंटो साहब, पैसिंजर साला मौज शौक़ के लिए आता है, माल-पानी ख़र्च करता है, ज़रा दबा के देखना चाहता है, या वैसे ही छूना चाहता है, बस फिर एक धमाल मच जती है, सिराज मारा-मारी शुरू कर देती है...पैसिंजर शरीफ़ हो तो भाग जाता है, पियेला हो, या मवाली हो तो आफ़त...हर मौक़े पर मुझे पहुँचना पड़ता है, पैसे वापस करने पड़ते हैं और हाथ-पैर अलग जोड़ने पड़ते हैं...क़सम क़ुरआन की, सिर्फ़ सिराज की ख़ातिर... और मंटो साहब, आपकी जान की क़सम, इसी साली सिराज की वजह से मेरा धन्धा रह गया है..."

मेरे ज़ेहन ने सिराज का जो अक़बी[14] मंज़र तैयार किया था, मैं उसका ज़िक्र नहीं करना चाहता; हाँ इतना ज़रूर कहना चाहता हूँ कि ढूँडू ने जो कुछ बताया, वह मेरे ज़ेहन के तैयार किये हुए अक़बी मंज़र के साथ कुछ ठीक तौर पर जमता नहीं था; मैंने एक दिन सोचा कि ढूँडू को बताये बग़ैर सिराज से मिला जाये।

सिराज बाईकल्ला स्टेशन के पास ही एक निहायत वाहियात जगह में रहती थी, जहाँ कूड़े-करकट के ढेर थे, आसपास का तमाम फ़ुज़्ला था—कॉरपोरेशन ने यहाँ ग़रीबों के लिए जस्त के बेशुमार झोंपड़े बना रखे थे।

मैं यहाँ उन बुलन्द बाम इमारतों का ज़िक्र नहीं करना चाहता, जो उस ग़िलाज़तगाह से थोड़ी ही दूर इस्तादा[15] थीं कि उन बुलन्दबाम इमारतों का इस अफ़साने से कोई ताल्लुक नहीं : "दुनिया नाम ही नशेबो-फ़राज़[16] का है, या रफ़अतों और पस्तियों का।"

ढूँडू से मुझे सिराज के झोंपड़े का अता-पता मालूम था—मैं वहाँ गया, अपने ख़ुशवज़्अ कपड़ों को उस माहौल से छुपाते हुए; लेकिन यहाँ मेरी ज़ात मुताल्लिक़[17] नहीं।

बहरहाल मैं वहाँ गया—झोंपड़े के बाहर एक बकरी बँधी हुई थी; उसने मुझे देखा तो मिमियाई। अब अन्दर से एक बुढ़िया निकली, जैसे पुरानी दास्तानों के किर्मख़ुर्दा अम्बार से कोई कुटनी लाठी टेकती हुई निकलती है।

मैं लौटने ही वाला था कि टाट के जगह-जगह से फटे हुए परदे के पीछे मुझे दो बड़ी आँखें नज़र आयीं, बिलकुल उसी तरह फटी हुईं, जिस तरह टाट का वह परदा फटा हुआ था; फिर मैंने सिराज का सफ़ेद बेज़वी चेहरा देखा और मुझे उन ग़ालिब आँखों पर बड़ा गुस्सा आया।

सिराज ने मुझे देख लिया था—मालूम नहीं, वह अन्दर क्या काम कर रही थी, लेकिन वह सब काम छोड़-छाड़कर बाहर आ गयीं, उसने बुढ़िया की तरफ़ कोई तवज्जोह न दी और मुझसे कहा : "आप यहाँ कैसे आ गये?"

मैंने मुख़्तसर कहा : "तुमसे मिलना था!"

उसने भी इख़्तिसार[18] ही के साथ कहा : "तो अन्दर आ जाइये!"

मैंने कहा : "नहीं, तुम मेरे साथ चलो।"

मैंने सिराज के साथ चलने के लिए कहा तो किर्मख़ुर्दा दास्तानों की किर्मख़ुर्दा कुटनी बड़े दूकानदारराना अन्दाज़ में बोली : "दस रुपये लगेंगे!"

मैंने बटुआ निकालकर दस रुपये बुढ़िया को दे दिये और सिराज से कहा : "आओ सिराज!"

उसकी बड़ी-बड़ी आँखों ने एक लहज़े के लिए मेरी निगाहों को रास्ता दिया कि उसके चेहरे की सड़क पर चन्द क़दम चल सकें—मैं एक बार फिर उसी नतीजे पर पहुँचा कि वह ख़ूबसूरत है, सिकुड़ी हुई ख़ूबसूरती, हनूत[19] लगी ख़ूबसूरती, सदियों की महफ़ूज़ों-मामून[20] और मदफ़ून[21] की हुई ख़ूबसूरती—मैंने एक लहज़े के लिए यूँ महसूस किया कि मैं मिस्र में हूँ और पुराने दफ़ीनों[22] की ख़ुदाई पर मामूर[23] किया गया हूँ।

मैं ज़्यादा तफ़सील में नहीं जाना चाहता।

सिराज मेरे साथ थी; हम दोनों एक होटल में थे। वह मेरे सामने अपने ग़लीज़ कपड़ों में मलबूस[24] बैठी हुई थी, और उसकी बड़ी-बड़ी आँखें उसके बैज़वी चेहरे पर क़ब्ज़ा-ए-मुख़ालिफ़ाना[25] किये हुए थीं। मुझे ऐसा महसूस हो रहा था कि उसकी बड़ी-बड़ी आँखों ने सिर्फ़ उसके चेहरे ही को नहीं, उसके सारे वुजूद को ढाँप रखा है कि मैं उसके किसी रोएँ को भी न देख सकूँ।

बुढ़िया ने दस रुपये माँगे थे, जो मैंने उसे दे दिये थे; इसके अलावा मैंने चालीस रुपये सिराज को भी दिये; मैं चाहता था कि वह मुझसे भी उसी तरह लड़े-झगड़े, जिस तरह वह दूसरों के साथ लड़ती-झगड़ती है; इसीलिए मैंने सिराज से ऐसी कोई बात न की, जिससे मुहब्बत और ख़ुलूस की बू आये—मैं उसकी बड़ी-बड़ी आँखों से ख़ाइफ़[26] था; वह आँखें इतनी बड़ी थीं कि मेरे अलावा मेरे इर्द-गिर्द की सारी दुनिया को देख सकती थीं।

वह ख़ामोश थी।

वाहियात तरीक़े पर उसे छेड़ने के लिए ज़रूरी था कि मेरे जिस्म और ज़ेहन में ग़लत क़िस्म की हरारत पैदा हो—फिर मैंने व्हिस्की के चार बड़े पैग पिये और उसको आम पैसिंजरों की तरह छेड़ा, उसने कोई मुज़ाहमत[27] न की। मैंने दानिस्तन एक ज़बर्दस्त फ़ुज़ूल हरकत की; मेरा ख़याल था कि वह बारूद जो उसके अन्दर भरा पड़ा है, उस बारूद को भक्-से उड़ाने के लिए मेरी ज़बर्दस्त फ़ुज़ूल हरकत की चिंगारी काफ़ी होगी, मगर हैरत है कि वह पुरसुकून रही।

उसने मुझे अपनी बड़ी-बड़ी आँखों के फैलाव में समेटते हुए कहा : "मुझे चरस का एक सिगरेट मँगवा दीजिए!"

मैंने कहा : "शराब पियोगी?"

"नहीं...मैं चरस का सिगरेट पियूँगी।"

मैंने उसे चरस का सिगरेट मँगवा दिया।

ठेठ चरसियों के अन्दाज़ में सिगरेट पीकर उसने मेरी तरफ़ देखा—उसकी बड़ी-बड़ी आँखें अब अपना तसल्लुत[28] छोड़ चुकी थीं, उसी तरह जिस तरह कोई ग़ासिब अपना तसल्लुत छोड़ता है।

उसका चेहरा मुझे एक उजड़ी हुई, एक बर्बादशुदा सल्तनत नज़र आया, तख़्तो-ताराज़ मुल्क; उसका हर ख़त, हर ख़ाल वीरानी की एक लकीर थी—मगर यह वीरानी क्या थी, क्यों थी; बाज़ औक़ात ऐसा भी होता है कि आबादियाँ ही वीरानों का बायस होती हैं; क्या वह इसी क़िस्म की कोई आबादी थी, जो बसना शुरू हुई ही थी कि किसी हमलावर के सबब अधूरी रह गयीं और उसकी दीवारें, जो अभी गज़ भर भी ऊपर न उठी थी, आहिस्ता-आहिस्ता खँडहर बन गयी?—मैं एक चक्कर में था, लेकिन मैं आपको इस चक्कर में नहीं डालना चाहता; मैंने क्या सोचा? क्या नतीजा बरामद किया? आपको इससे क्या मतलब।

सिराज कुँआरी थी, या कुँआरी नहीं थी, मैं इसके मुताल्लिक़ भी नहीं जानना चाहता था—हाँ, चरस के धुएँ में लिपटी उसकी महज़ूनो-मख़्मूरन[29] आँखों में मुझे एक ऐसी झलक नज़र आयी थी, जिसको मेरा क़लम भी बयान नहीं कर सकता।

मैंने सिराज के साथ बातें करना चाहीं, मगर उसे बातों से कोई दिलचस्पी नहीं थी; मैंने चाहा कि वह मुझसे लड़े-झगड़े, मगर उसने मुझे नाउम्मीद किया।

आख़िर मैं उसे उसके घर छोड़ आया।

ढूँडू को जब मेरे इस ख़ुफिया सिलसिले का पता चला तो वह बहुत नाराज़ हुआ—उसके दोस्ताना और ताजिराना जज़्बात बहुत बुरी तरह मज्रूह हो गये थे; उसने मुझे सफ़ाई का मौक़ा ही न दिया और सिर्फ़ इतना कहा : "मंटो साहब, मुझे आपसे यह उम्मीद न थी! फिर वह खम्बे से हटकर एक तरफ़ चला गया।"

अजीब बात यह हुई कि दूसरे रोज़ शाम को वक़्ते-मुक़र्रर पर वह मुझे अपने अड्डे पर नज़र न आया, मैंने सोचा, शायद बीमार हो; मगर उससे अगले रोज़ भी वह वहाँ मौजूद नहीं था।

इसी तरह एक हफ़्ता गुज़र गया—उस खम्बे के क़रीब से मेरा हर सुबह-शाम आना-जाना होता था; मैं जब उस खम्बे को देखता, मुझे ढूँडू याद आ जाता।

मैं बाईकल्ला स्टेशन के पास उस वाहियात जगह पर भी गया, जहाँ सिराज रहती थी, यह देखने के लिए कि वह कहाँ है, मगर वहाँ अब सिर्फ़ वह किमख़ुर्दा कुटनी रहती थी। मैंने उससे सिराज के मुताल्लिक पूछा तो वह अपनी पोपली मुसकराहट में लाखों बरस पुरानी जिंसी करवट बदलकर बोली : "वह तो चली गयी...और हैं...बुलवाऊँ..."

मैंने सोचा, यह क्या हुआ, ढूँढू और सिराज दोनों ग़ायब हैं और वह भी मेरी उस ख़ुफ़िया मुलाक़ात के बाद...मैं उस खुफिया मुलाक़ात के मुताल्लिक़ बिलकुल मुतरद्दिद[30] नहीं था।

यहाँ पर मैं अपने ख़यालात आप पर ज़ाहिर नहीं करना चाहता; हाँ, मुझे यह हैरत ज़रूर थी कि वे दोनों कहाँ और क्यों ग़ायब हो गये हैं; उनमें मुहब्बत क़िस्म की कोई चीज़ नहीं थी, ढूँढू तो ऐसी चीज़ों से बालातर[31] था; फिर उसकी बीवी थी, बच्चे थे और वह उनसे बेहद मुहब्बत करता था; तब यह सिलसिला क्या था कि दोनों बयकवक़्त ग़ायब थे?

मैंने सोचा, हो सकता है, अचानक ढूँढू के दिमाग़ में यह ख़याल आ गया हो कि सिराज को अब वापस अपने घर लौट जाना चाहिए—सिराज के लौट जाने के मुताल्लिक़ ढूँढू पहले फ़ैसला न कर सका था—मुमकिन है, अब उसने यह फ़ैसला कर लिया हो!

इसी उधेड़बुन में ग़ालिबन एक महीना गुज़र गया।

एक शाम अचानक मुझे ढूँढू नज़र आ गया, उसी खम्बे के साथ लगकर खड़ा हुआ; मुझे ऐसा महसूस हुआ कि जैसे खम्बे में एक मुद्दत तक करेंट फेल रहने के बाद अब एकदम करेंट वापस आ गया है और खम्बे में जान पड़ गयी है; टेलीफ़ोन की तारों के बक्स में भी; ऐसा लगा, जैसे ऊपर, चारों तरफ़ फैले हुए तारों के जाल आपस में सरगोशियाँ कर रहे हैं!

मैं ढूँढू के पास से गुज़रा—उसने मेरी तरफ़ देखा और मुसकराया—फिर हम दोनों ईरानी के होटल में थे।

मैंने उससे कुछ न पूछा—उसने अपने लिए कॉफ़ी मिली चाय और मेरे लिए सादा चाय मँगवाई; फिर उसने पहलू बदलकर ऐसी निशस्त क़ायम की, जैसे वह मुझे कोई बहुत बड़ी बात सुनानेवाला हो; मगर उसने सिर्फ़ इतना कहा : "और सुनाओ मंटो साहब!"

मैंने कहा : "क्या सुनाएँ ढूँढू...बस गुज़र रही है..."

वह मुसकराया : "ठीक कहा आपने...बस गुज़र रही है, और गुज़र जायेगी... यह साला गुज़रते रहना या गुज़रना भी अजीब चीज़ है...सच पूछिए तो इस दुनिया में हर चीज़ अजीब है..."

मैंने सिर्फ़ इतना कहा : "तुम ठीक कहते हो ढूँढू!"

चाय आयी तो हम दोनों ने पीना शुरू की। ढूँढू ने पिर्च में अपनी कॉफ़ी मिली चाय उँड़ेली और मुझसे कहा : "मंटो साहब, सिराज ने मुझे सारी बात बता दी थी...उसने कहा था : 'वह सेठ, जो तुम्हारा दोस्त है, उसका माथा फिरेला है...' "

मैं हँसा : "क्यों?"

"उसने कहा : वह मुझे होटल में ले गया...इतने रुपये दिये, पर सेठोंवाली

कोई बात न की...”

मैंने कहा : “वह क़िस्सा ही कुछ और था ढूँढू!”

वह पेट भरके हँसा : “मैं जानता हूँ...मुझे माफ़ कर देना...मैं उस रोज़ तुमसे नाराज़ हो गया था...” उसके अंदाज़े-गुफ़्तुगू में, शायद पहली बार, अनजाने में बेतकल्लुफ़ी पैदा हो गयी : “पर अब वह क़िस्सा ख़लास हो गया है!”

“कौन-सा क़िस्सा?”

“उस साली सिराज का क़िस्सा...और किसका?”

मैंने पूछा : “हुआ क्या?”

ढूँढू गुटकने लगा : “जिस रोज़ वह आपके साथ गयी थी, मुझे उसी रोज़ उस बुढ़िया से पता चल गया था और मैंने सोचा था कि आप ही हो सकते हैं और मैं आपसे नाराज़ हो गया था...जब सिराज से मिला तो कहने लगी : ‘मेरे पास चालीस रुपये हैं...चलो, मुझे लाहौर ले चलो...’ मैं बोला : ‘साली, यह एकदम तेरे सिर पर क्या भूत सवार हो गया है...’ वह बोली : ‘नहीं, चल ढूँढू, तुझे मेरी क़सम...’ और मंटो साहब, आप तो जानते ही हैं, मैं साली की कोई बात नहीं टाल सकता था कि वह मुझे अच्छी लगती थी। मैंने कहा : ‘चल...’ सो हम टिकट कटा के गाड़ी में सवार हो गये...लाहौर पहुँचकर हम एक होटल में ठहर गये... उसने मुझसे कहा : ‘ढूँढू, मुझे एक बुर्क़ा ला दे...’ मैं बुर्क़ा ले आया...बुर्क़ा पहनकर वह लगी सड़क-सड़क और गली-गली घूमने...इस तरह कई दिन गुज़र गये...एक दिन मैंने अपने आपसे कहा कि यह भी अच्छी रही ढूँढू, उस साली का तो मस्तक फिरेला है, साला तेरा भेजा भी फिर गया क्या, जो इतनी दूर आ गया है उसके साथ ख़राब होने...मंटो साहब, एक दिन हम ताँगे में बैठे हुए थे कि उसने ताँगा रुकवाया और सड़क के उस पार खड़े एक आदमी की तरफ़ इशारा करके मुझसे कहने लगी : ‘ढूँढू, उस आदमी को मेरे पास होटल में ले आ...मैं चलती हूँ वापिस होटल में...’ मेरी अक़्ल जवाब दे गयी...मैं ताँगे से उतरा तो ताँगा यह जा, वह जा...और मैं उस आदमी के पीछे-पीछे...आपकी दुआ से और अल्लाहताला की मेहरबानी से मैं आदमी-आदमी को पहचानता हूँ...मैंने उस आदमी से इधर-उधर की दो बातें कीं और ताड़ गया कि वह मौज-शौक़ करने वाला आदमी है...सो मैं बोला : ‘बम्बई का ख़ास माल है...’ वह बोला : ‘अभी चलो...’ मैं बोला : ‘नहीं, पहले माल-पानी दिखाओ...’ उसने इतने सारे नोट दिखाये...मैं अपने दिल में बोला कि चल ढूँढू, धन्धा यहाँ भी चलना चाहिए...पर मेरी समझ में यह बात नहीं आयी थी कि उस साली सिराज ने सारे लाहौर में उसी आदमी को क्यों चुना है.. .मैंने ख़ुद से कहा कि सब चलता है...मैंने ताँगा लिया, उस आदमी को साथ लिया और सीधा होटल में...मैंने सिराज को ख़बर की तो वह बोली : ‘अभी ठहर...’ मैं ठहर गया...थोड़ी देर के बाद मैं उस आदमी को, जो अच्छी शकल का था, अन्दर

ले गया...सिराज को देखते ही वह साला यूँ बिदका; जैसे घोड़ा बिदकता है... सिराज ने उस आदमी को पकड़ लिया...” ढूँडू ने प्याली में बची-खुची अपनी ठण्डी कॉफ़ी मिली चाय एक ही जुरऐ में ख़त्म की और बीड़ी सुलगाने लगा।

मैंने कहा : “सिराज ने उस आदमी को पकड़ लिया?”

ढूँडू ने बुलन्द आवाज़ में कहा : “हाँ जी, पकड़ लिया उस साले को...और कहने लगी : ‘अब तू जाता कहाँ है?...मेरा घर छुड़ाकर तू मुझे अपने साथ किसलिए लाया था...मैं तुझसे मुहब्बत करती थी...तूने भी मुझसे यही कहा था कि तू मुझसे मुहब्बत करता है...पर जब मैं अपना घरबार, अपने माँ-बाप छोड़ कर तेरे साथ भाग निकली और अमृतसर से हम दोनों यहाँ, इसी होटल में आकर ठहरे तो रात ही रात तू क्यों भाग गया, मुझे अकेली छोड़ कर?...किसलिए लाया था तू मुझे यहाँ, किसलिए भगाया था तूने मुझे?...मैं हर बात के लिए तैयार थी और तू मुझे छोड़ कर भाग गया...आ...अब मैंने तुझे बुलाया है...मेरी मुहब्बत वैसी की वैसी क़ायम है...आ’...और मंटो साहब, वह उस आदमी के साथ लिपट गयी...उस साले के आँसू भी टपकने लगे...वह रो-रोकर माफ़ियाँ माँगने लगा : ‘मुझसे ग़लती हो गयी थी...मैं डर गया था...मैं अब तुमसे कभी अलग नहीं रहूँगा...’ साला क़समें खाता रहा और जाने क्या-क्या बकता रहा...फिर सिराज ने मुझे इशारा किया और मैं कमरे से बाहर चला गया...मैं बाहर बरामदे में खाट पर सो रहा था कि सुबह सिराज ने मुझे जगाया और कहा : ‘चल ढूँडू...’ मैं बोला : ‘कहाँ...?’ वह बोली : ‘वापस बम्बई...’ मैं बोला : ‘और वह साला कहाँ है...?’ सिराज ने कहा : ‘सो रहा है...मैं उस पर अपना बुर्क़ा डाल आयी हूँ...”

ढूँडू ने अपने लिए दूसरी कॉफ़ी मिली चाय का आर्डर दिया तो सिराज ईरानी होटल में दाख़िल हुई। उसका सफ़ेद बैज़वी चेहरा निखरा हुआ था और उसके चेहरे पर उसकी बड़ी-बड़ी आँखें दो गिरे हुए सिगनल मालूम हो रही थीं।

---

1. समन्वित, मिल जाना; 2. समय-समय पर; 3. विशेषता; 4. परिचित; 5. अण्डाकार; 6. भरपूर; 7. तरल; 8. नारीत्व; 9. भाव; 10. वह पत्थर जो का’बे में लगा है; 11. आठ पीढ़ियाँ; 12. पुनर्विचार; 13. विश्वास; 14. पीछे का; 15. खड़ी हुई; 16. ऊँच-नीच; 17. सम्बन्धित; 18. संक्षेप; 19. मुर्दों या लाशों पर लगायी जानेवाली ख़ुशबू; 20. दफ़न किया हुआ; 22. ख़ज़ाने, गड़ा हुआ धन; 23. नियुक्त; 24. वस्त्र धारण किए हुए; 25. विरोध के बावजूद क़ब्ज़ा; 26. भयभीत; 27. रोक-टोक; 28. प्रभुत्व; 29. उदास और नशीली; 30. चिन्तित; 31. अधिक ऊँचा, उत्कृष्ट।

साहिबे-करामात

चौधरी मौजू बूढ़े बरगद की घनी छाँव के नीचे खुर्री चारपाई पर बड़े इत्मीनान से बैठा अपना चमोड़ा पी रहा था। धुएँ के हल्के-हल्के बुक़्क़े उसके मुँह से निकलते थे और दोपहर की ठहरी हुई हवा में हौले-हौले गुम हो जाते थे।

वह सुबह से अपने छोटे-से खेत में हल चलाता रहा था और अब थक गया था। धूप इस क़दर तेज़ थी कि चील भी अपना अण्डा छोड़ दे, मगर वह इत्मीनान से बैठा अपने चमोड़े का मज़ा ले रहा था, जो चुटकियों में उसकी थकन दूर कर देता था।

उसका पसीना ख़ुश्क हो गया था, इसलिए वह ठहरी हुई हवा उसे कोई ठण्डक नहीं पहुँचा रही थी, मगर चमोड़े का ठण्डा-ठण्डा लज़ीज़ धुआँ उसके दिलो-दिमाग़ में नाक़ाबिले-बयान सुरूर की लहरें पैदा कर रहा था।

अब वक़्त हो चुका था कि घर से उसकी इकलौती लड़की जैनाँ रोटी-लस्सी ले कर आ जाये—वह ठीक वक़्त पर पहुँच जाती थी, हालाँकि घर में उसका हाथ बँटानेवाला और कोई नहीं था; उसकी माँ थी जिसको, दो साल हुए, मौजू ने एक तवील झगड़े के बाद इन्तिहाई गुस्से में तलाक़ दे दी थी।

मौजू की जवान इकलौती बेटी जैनाँ बड़ी फ़रमाबरदार लड़की थी; वह अपने बाप का बहुत ख़याल रखती थी; घर का काम-काज, जो इतना ज़्यादा नहीं था, बड़ी मुस्तैदी से करती थी कि इस तरह जो ख़ाली वक़्त मिले, उसमें चर्ख़ा चलाये और पूनियाँ काते, या अपनी सहेलियों के साथ, जो गिनती की थीं, इधर-उधर की ख़ुशगप्पियों में गुज़ार दे।

चौधरी मौजू की जमीन वाजिबी थी और उसके गुज़ारे के लिए काफ़ी थी—गाँव बहुत छोटा था और एक दूरउफ़्तादा[1] जगह पर था, जहाँ से रेल का गुज़र नहीं था : एक कच्ची सड़क थी, जो उसे दूर के एक बड़े गाँव से मिलाती थी। चौधरी मौजू हर महीने दो मर्तबा अपनी घोड़ी पर सवार हो कर उस बड़े गाँव में जाता था, जिसमें दो-तीन दुकानें थीं, और अपनी ज़रूरत की चीज़ें ले आता था।

पहले वह बहुत खुश था; उसको कोई ग़म नहीं था; दो-तीन बरस उसको इस ख़याल ने अलबत्ता ज़रूर सताया था कि उसके यहाँ कोई नरीना[2] औलाद नहीं है

मगर फिर वह यह सोचकर शाकिर[3] हो गया था कि जो अल्लाह को मंज़ूर होता है, वही होता है—मगर जिस दिन से उसने अपनी बीवी को तलाक़ देकर मैके रुख़सत कर दिया था, उसकी ज़िन्दगी सूखा हुआ नैचा-सी बनके रह गयी थी; सारी लगभग जैसे उसकी बीवी, अपने साथ ले गयी थी।

चौधरी मौजू मज़हबी आदमी था, हालाँकि उसे अपने मज़हब के मुताल्लिक़ सिर्फ़ दो-तीन चीज़ों ही का पता था कि ख़ुदा एक है, जिसकी परस्तिश[4] लाज़िमी है और मुहम्मद उसके रसूल हैं, जिनके अह्काम[5] मानना फ़र्ज़ है और क़ुरआन पाक ख़ुदा का कलाम है, जो मुहम्मद पर नाज़िल[6] हुआ; और बस।

नमाज़-रोज़े से सब बेनियाज़ था—गाँव बहुत छोटा था, जिसमें कोई मस्जिद नहीं थी; दस-पन्द्रह घर थे, वह भी एक-दूसरे से दूर-दूर—लोग अल्लाह-अल्लाह करते थे; उसके दिल में उस ज़ात-पाक का ख़ौफ़ था और इससे ज़्यादा और कुछ नहीं था—क़रीब-क़रीब हर घर में क़ुरआन मौजूद था, मगर पढ़ना कोई भी नहीं जानता था; सबने उसे एहतिरामन जुज़दान[7] में लपेटकर किसी ऊँचे ताक पर छोड़ा था; उसकी ज़रूरत सिर्फ़ उसी वक़्त पेश आती थी, जब किसी से कोई सच्ची बात कहलवानी होती थी, या किसी काम के लिए कोई हल्फ़ उठवाना होता था। गाँव में मौलवी की शक्ल भी उसी वक़्त दिखायी देती थी, जब किसी लड़के या लड़की की शादी होती थी—मर्ग पर नमाज़े-जनाज़ा वग़ैरह गाँव के लोग ख़ुद ही पढ़ लेते थे, अपनी ज़बान में।

चौधरी मौजू ऐसे मौक़ों पर ज़्यादा काम आता था; उसकी ज़बान में असर था, जिस अन्दाज़ से वह मरहूम की ख़ूबियाँ बयान करता था और उसकी मग़्फ़िरत[8] के लिए दुआ करता था, वह कुछ उसी का हिस्सा था।

पिछले बरस जब उसके दोस्त दीनू का जवान लड़का मर गया था तो उसको कब्र में उतारकर उसने बड़े मुअस्सिर[9] अन्दाज़ में यह कहा था : "क्या शीन ज़वान लड़का था, थूक फेंकता था तो बीस ग़ज दूर जा के गिरती थी, उसकी पेशाब की धार का तो आसपास के किसी गाँव-खेड़े में भी मुक़ाबला करने वाला मौजूद नहीं था और बेनी पकड़ने में तो जवाब नहीं था उसका...हे घसनी का नारा मारता और दो उँगलियों से यूँ बेनी खोलता जैसे कुर्ते का बटन खोलते हैं...दीनू यार, तुझ पर आज क़यामत[10] का दिन है, तू यह सद्मा कैसे बर्दाश्त करेगा...यारो, उसे मर जाना चाहिए था...ऐसा शीन जवान लड़का, ऐसा ख़ूबसूरत गबरू जवान...नीति सुनयारी-जैसी सुन्दर और हठीली नार उसको काबू करने के लिए ताबीज़-धागे कराती रही, मगर मर्हबा[11] है दीनू, तेरा लड़का लँगोट का पक्का रहा...ख़ुदा करे, उसको जन्नत में सबसे ख़ूबसूरत हूर मिले और वहाँ भी वह लँगोट का पक्का रहे...अल्लाह मियाँ ख़ुश हो कर उस पर अपनी रहमतें नाज़िल करे...आमीन!"

चौधरी मौजू की यह छोटी-सी तक़रीर[12] सुन कर दस-बीस आदमी, जिनमें

दीनू भी शामिल था, धाड़ें मार-मारकर रो पड़े थे—खुद चौधरी मौजू की आँखों से भी आँसू रवाँ थे।

मौजू ने जब अपनी बीवी फ़ाताँ को तलाक़ देना चाही थी तो उसने मौलवी बुलाने की ज़रूरत नहीं समझी थी। उसने बड़े-बूढ़ों से सुन रखा था कि तीन मर्तबा 'तलाक़ तलाक़, तलाक़' कह दो तो क़िस्सा ख़त्म हो जाता है—उसने अपना क़िस्सा इसी तरह ख़त्म किया था, मगर दूसरे ही दिन उसको बहुत अफ़सोस हुआ था, बड़ी नदामत[13] हुई थी कि उसने यह क्या ग़लती की, मियाँ-बीवी में झगड़े होते ही रहते हैं, तलाक़ की नौबत तो नहीं आती; उसको दरगुज़र करना चाहिए था।

फ़ाताँ उसको पसन्द थी; गो वह उस वक़्त जवान नहीं थी, फिर भी उसको फ़ाताँ का जिस्म पसन्द था, उसकी बातें पसन्द थीं—फिर वह उसकी बेटी जैनाँ की माँ थी...मगर तीर कमान से निकल चुका था और वापिस नहीं आ सकता था—चौधरी मौजू जब भी उस क़िस्से के मुताल्लिक़ सोचता तो उसके चहीते चमोड़े का धुआँ उसके हल्क़ में तल्ख़ घूँट बन-बनके जाने लगता।

जैनाँ ख़ूबसूरत थी, अपनी माँ की तरह। इन दो बरसों में उसने एकदम बढ़ना शुरू कर दिया था और देखते-देखते जवान मुटियार बन गयी थी; उसके अंग-अंग से जवानी फूट-फूट के निकल रही थी—चौधरी मौजू को अब उसके हाथ पीले करने की फ़िक्र भी थी; यहाँ फिर उसको फ़ाताँ याद आ जाती; वह यह काम कितनी आसानी से कर सकती थी।

खुर्री खाट पर चौधरी मौजू ने अपनी निशस्त और अपना तहमद दुरुस्त करते हुए चमोड़े से ग़ैर मामूली लम्बा कश लिया और खाँसने लगा।

उसके खाँसने के दौरान में किसी की आवाज़ आयी : "अस्सलाम अलैकुम वरहमतुल्लाहि व बराकातुहु!"

चौधरी मौजू ने पलटकर देखा—उसे सफ़ेद कपड़ों में एक दराज़ रीश[14] बुज़ुर्ग नज़र आया।

उसने सलाम का जवाब दिया और सोचने लगा कि यह शख़्स कहाँ से आ गया है।

दराज़ रीश की आँखें बड़ी-बड़ी और बारोब थीं, जिनमें सुर्मा लगा हुआ था; लम्बे-लम्बे पट्टे थे; पट्टों और दाढ़ी के बाल खिचड़ी थे; सफ़ेद ज़्यादा और सियाह कम; सिर पर सफ़ेद अमामा था; कान्धे पर रेशम का काढ़ा हुआ बसन्ती रूमाल; हाथ में चाँदी की मूठवाला मोटा असा था, पाँव में लाल खाल का नर्मो-नाज़ुक जूता।

चौधरी मौजू ने जब उस बुज़ुर्ग का सरापा ग़ौर से देखा तो उसके दिल में फ़ौरन ही एक एहतिराम पैदा हो गया—चारपाई पर से वह जल्दी-जल्दी उठा और बुज़ुर्ग से मुख़ातिब हुआ : "आप कहाँ से आये? कब आये?"

बुज़ुर्ग के लबों में कतरी हुई शरई[15] मुसकराहट पैदा हुई : "फ़क़ीर कहाँ से

आयेंगे...उनका कोई घर नहीं होता...उनके आने का कोई वक़्त मुक़र्रर नहीं, उनके जाने का कोई वक़्त मुक़र्रर नहीं...अल्लाह तबारक तआला ने जिधर हुक्म दिया, चल पड़े और जहाँ ठहरने का हुक्म हुआ, वहीं ठहर गये।"

चौधरी मौजू पर उन अल्फ़ाज़ का बहुत असर हुआ—उसने आगे बढ़कर उस बुज़ुर्ग का हाथ बड़े एहतिराम से अपने हाथों में लिया, चूमा, अपनी आँखों से लगाया : "चौधरी मौजू का घर आपका अपना घर है।"

बुज़ुर्ग मुसकराता हुआ खाट पर बैठ गया और फिर अपने चाँदी की मूठवाले असा को दोनों हाथों से थामकर उस पर अपना सिर झुका दिया : "अल्लाह जल्ले शानहू को जाने तेरी कौन-सी अदा पसन्द आ गयी कि अपने इस हक़ीर और आसी बन्दे को तेरे पास भेज दिया।"

चौधरी मौजू ने ख़ुश हो कर पूछा : "तो मौलवी साहब, आप उसके हुक्म से आये हैं?"

मौलवी साहब ने अपना झुका हुआ सिर उठाया और किसी क़दर ख़श्म आलूद[16] लहजे में कहा : "तो क्या हम तेरे हुक्म से आये हैं...हम तेरे बन्दे हैं या उसके, जिसकी इबादत में हमने पूरे चालीस बरस गुज़ारकर यह थोड़ा-बहुत रुतबा हासिल किया है?"

चौधरी मौजू काँप गया—अपने मख़्सूस[17] गँवार लेकिन पुरखुलूस अन्दाज़ में उसने मौलवी साहब से अपनी तक़सीर[18] माफ़ कराई और कहा : "मौलवी साहब, हम-जैसे इंसानों से, जिनको नमाज़ पढ़नी भी नहीं आती, ऐसी ग़लतियाँ हो जाती हैं...हम गुनहगार हैं, हमें बख़्शवाना और बख़्शना आपका काम है।"

मौलवी साहब ने अपनी बड़ी-बड़ी सुर्मा लगी आँखें बन्द कीं और कहा : "हम इसीलिए आये हैं।"

चौधरी मौजू ज़मीन पर बैठ गया और मौलवी साहब के पाँव दबाने लगा।

इतने में उसकी लड़की जैनाँ आ गयी—उसने मौलवी साहब को देखा तो घूँघट छोड़ लिया।

मौलवी साहब ने मुँदी हुई आँखों से पूछा : "कौन है चौधरी मौजू?"

"मौलवी साहब, मेरी बेटी जैनाँ।"

मौलवी साहब ने नीम वा आँखों से जैनाँ को देखा और मौजू से कहा : "इससे पूछो, हम फ़क़ीरों से कैसा परदा?"

"कोई परदा नहीं मौलवी साहब...परदा कैसा?" फिर चौधरी मौजू अपनी बेटी से मुख़ातिब हुआ : "जैनाँ, यह मौलवी साहब हैं, अल्लाह के ख़ास बन्दे...इनसे कैसा परदा...उठा ले अपना घूँघट!"

जैनाँ ने अपना घूँघट उठा लिया।

मौलवी साहब ने अपनी सुर्मा लगी नज़रें भरके जैनाँ की तरफ़ देखा और मौजू

से कहा : "तेरी बेटी ख़ूबसूरत है चौधरी मौजू!"

जैनाँ शरमा गयी।

मौजू ने कहा : "अपनी माँ पर है मौलवी साहब!"

"कहाँ है इसकी माँ?" मौलवी साहब ने एक बार फिर जैनाँ की जवानी की तरफ़ देखा।

मौजू सटपटा गया कि क्या जवाब दे।

मौलवी साहब ने फिर पूछा : "इसकी माँ कहाँ है चौधरी मौजू?"

मौजू ने जल्दी से कहा : "मर चुकी है जी!"

मौलवी साहब की नज़रें जैनाँ पर गड़ी हुई थीं—जैनाँ का रद्दे-अमल भाँपकर उन्होंने मौजू से कड़ककर कहा : "तू झूठ बोलता है!"

मौजू ने मौलवी साहब के पाँव पकड़ लिए और नदामत भरी आवाज़ में कहा : "जी हाँ...जी हाँ, मैंने झूठ बोला था...मुझे माफ़ कर दीजिए...मैं बड़ा झूठा आदमी हूँ...मैंने उसको तलाक़ दे दिया था मौलवी साहब..."

मौलवी साहब ने एक लम्बी 'हूँ' की, नज़रें जैनाँ की चदरिया से हटाईं और मौजू से मुख़ातिब हुए : "तू बहुत बड़ा गुनहगार है...क्या क़ुसुर था उस बेज़बान का?"

मौजू नदामत में ग़र्क़ था : "कुछ नहीं मौलवी साहब...मामूली-सी बात थी जो बढ़ते-बढ़ते तलाक़ तक पहुँच गईं...मैं वाक़ई गुनहगार हूँ...तलाक़ देने के दूसरे ही दिन मैंने सोचा था कि मौजू, तूने यह क्या झक मारी है...पर क्या हो सकता था, चिड़ियाँ खेत चुग चुकी थीं...पछतावे से क्या हो सकता था मौलवी साहब..."

मौलवी साहब ने चाँदी की मूठवाला असा मौजू के कान्धे पर रख दिया : "अल्लाह तबारक तआला की ज़ात बहुत बड़ी है...वह बड़ा रहीम है...बड़ा करीम है...वह चाहे तो हर बिगड़ी बना सकता है...उसका हुक्म हुआ तो यह हक़ीर फ़क़ीर ही तेरी नजात के लिए कोई रास्ता ढूँढ़ निकालेगा।"

ममनूनो-मुतशक्किर[19] चौधरी मोजू फ़ौरन ही मौलवी साहब की टाँगों के साथ लिपट गया और रोने लगा। मौलवी साहब ने जैनाँ की तरफ़ देखा—जैनाँ की आँखों से भी अश्क[20] रवाँ थे।

"इधर आ लड़की!" मौलवी साहब के लहजे में ऐसा तहक्कुम[21] था, जिसको रद्द करना जैनाँ के लिए नामुमकिन था : रोटी और लस्सी एक तरफ़ रखकर वह खाट के पास चली गयी।

मौलवी साहब ने जैनाँ को बाज़ू से पकड़ा और कहा : "बैठ जा।"

जैनाँ ज़मीन पर बैठने लगी तो मौलवी साहब ने उसका बाज़ू ऊपर खींचा : "इधर मेरे पास बैठ।"

जैनाँ सिमटकर मौलवी साहब के पास बैठ गयी।

मौलवी साहब ने उसकी कमर में हाथ देकर उसको अपने क़रीब किया और फिर ज़रा दबाकर पूछा : "क्या लाई है तू हमारे खाने के लिए?"

जैनाँ ने एक तरफ़ हटना चाहा, मगर मौलवी साहब की गिरफ़्त मज़बूत थी। जैनाँ ने जवाब दिया : "जी...जी रोटियाँ हैं, साग है और लस्सी।"

मौलवी साहब ने जैनाँ की पतली और मज़बूत कमर एक बार फिर दबाई : "चल ला खाना और हमें खिला...!"

जैनाँ उठी तो मौलवी साहब ने मौजू के कान्धे से अपना चाँदी की मूठवाला असा नन्ही-सी जुर्ब देने के बाद उठा लिया : "उठ मौजू, हमारे हाथ धुला।"

मौजू फ़ौरन उठा—पास ही कुआँ था—वह पानी लाया और उसने मौलवी साहब के हाथ बड़े मुरीदाना[22] तौर पर धुलाये।

जैनाँ ने चारपाई पर खाना रख दिया।

मौलवी साहब सबका-सब खाना खा गये और फिर उन्होंने जैनाँ को हुक्म दिया कि वह उनके हाथ धुलाये।

जैनाँ उदूलहुक्मी[23] नहीं कर सकती थी कि मौलवी साहब की शक्लो-सूरत और उनकी गुफ़्तगू का अन्दाज़ ही कुछ ऐसा तहक्कुम भरा था।

मौलवी साहब ने डकार ले कर बड़े ज़ोर से अलहम्दुलिल्लाह कहा, दाढ़ी पर गीला-गीला हाथ फेरा, एक और डकार ली और चारपाई पर लेट गये और एक आँख बन्द करके दूसरी आँख से जैनाँ की ढलकी हुई चदरिया की तरफ़ देखते रहे।

ज़ब जैनाँ जल्दी-जल्दी बरतन समेटकर चली गयी तो मौलवी साहब ने आँखें बन्द कीं और मौजू से कहा : "चौधरी मौजू, अब हम सोएँगे।"

मौजू कुछ देर तक उनके पाँव दबाता रहा—जब उसने देखा कि वह सो गये हैं तो एक तरफ़ जा कर उसने उपले सुलगाये और चिलम में तम्बाकू भरकर भूखे पेट चमोड़ा पीना शुरू कर दिया—वह ख़ुश था; उसको ऐसा लग रहा था कि उसकी ज़िन्दगी का कोई बहुत बड़ा बोझ दूर हो गया है—उसने दिल ही दिल में अपने मख़्सूस गँवार, मगर मुख़्लिस[24] अन्दाज़ में अल्लाह तआला का शुक्र अदा किया, जिसने अपनी जिनाब से मौलवी साहब की शक्ल में फ़रिश्ता-ए-रहमत[25] भेजा।

पहले उसने सोचा, मौलवी साहब के पास ही बैठा रहे कि शायद उनको किसी ख़िदमत की ज़रूरत हो, मगर जब देर हो गयी और वह सोते रहे तो वह उठकर अपने खेत में चला गया और अपने काम में मशग़ूल हो गया। उसको क़त्अन ख़याल नहीं था वह भूखा है; उसको बेहद मसर्रत[26] थी कि उसका खाना मौलवी साहब ने खा लिया है और यूँ उसकी इतनी बड़ी सआदत नसीब हुई है।

शाम होने से पहले-पहले खेत में काम ख़त्म करने के बाद जब वह बूढ़े बरगद के पास वापस लौटा तो उसको यह देख कर बड़ा दुख हुआ कि मौलवी

साहब मौजूद नहीं हैं—उसने ख़ुद को बड़ी लानत-मलामत की कि वह क्यों चला गया था; उनके हुज़ूर बैठा रहता : 'शायद वह नाराज़ हो कर चले गये हों और कोई बद्दुआ भी दे गये हों...' जब उसने यह सोचा तो उसकी सादा रूह लरज़ गयी और उसकी आँखों में आँसू आ गये।

उसने इधर-उधर मौलवी साहब को तलाश किया, मगर वह न मिले—शाम गहरी हो गयी, फिर भी उनका सुराग़ न मिला।

थक-हारकर अपने को दिल ही दिल में कोसता और लानत-मलामत करता वह गर्दन झुकाये घर की तरफ़ जा रहा था कि उसे रास्ते में गाँव के दो ज़वान लड़के घबराये हुए मिले।

उसने उनसे घबराहट की वजह पूछी तो उन्होंने पहले तो टालना चाहा, मगर फिर उसको असल बात बता ही दी : वह घूरे में दबा हुआ शराब का घड़ा निकालकर शराब पीने ही वाले थे कि एक नूरानी सूरतवाले बुज़ुर्ग एकदम वहाँ नुमूदार हो गये और बड़ी ग़ज़बनाक निगाहों से देखते हुए यह पूछने लगे कि वे यह क्या हरामकारी कर रहे हैं; जिस चीज़ को अल्लाह तबारक तआला ने हराम क़रार दिया है, वह उसे पीकर इतना बड़ा गुनाह कर रहे हैं, जिसका कोई कुफ़्फ़ारा[27] ही नहीं—उनमें इतनी जुर्रत ही नहीं थी कि कुछ बोल सकते; बस सिर पर पाँव रखकर भागे...

मौजू ने उन दोनों नौजवानों को बताया कि वह नूरानी सूरतवाले वाक़ई अल्लाह को पहुँचे हुए बुज़ुर्ग हैं; फिर उसने अन्देशा ज़ाहिर किया कि जाने गाँव पर क्या क़हर नाज़िल होगा—एक तो उसने मौलवी साहब को छोड़ कर चले जाने की बुरी हरकत की थी, दूसरे गाँव के दो नौजवान हराम शै पीने वाले थे।

"अब अल्लाह ही बचाये...अब अल्लाह बचाये मेरे बच्चो..." यह बड़बड़ाता हुआ मौजू घर की जानिब रवाना हुआ।

जैनाँ मौजूद थी, पर मौजू ने उससे कोई बात न की और खाट पर ख़ामोश बैठकर हुक़्क़ा पीने लगा—उसके दिलो-दिमाग़ में एक तूफ़ान बरपा था; उसको यक़ीन था कि उस पर और गाँव पर ज़रूर कोई ख़ुदाई आफ़त आयेगी।

शाम का खाना, तैयार था और जैनाँ ने मौलवी साहब के लिए भी पकाया था।

जब जैनाँ ने मौजू से पूछा कि मौलवी साहब कहाँ हैं तो मौजू ने बड़े दुख भरे लहजे में कहा : "गये...चले गये...हम गुनहगारों के यहाँ उनका क्या काम!"

जैनाँ को अफ़सोस हुआ—मौलवी साहब ने कहा था कि वह कोई ऐसा रास्ता ढूँढ़ निकालेंगे, जिससे उसकी माँ वापस आ जायेगी; पर वह तो जा चुके थे; अब वह रास्ता ढूँढ़ने वाला कौन है—वह ख़ामोशी से पीढ़ी पर बैठ गयी और खाना ठण्डा होता रहा।

थोड़ी देर के बाद ड्योढ़ी में आहट हुई—बाप और बेटी, दोनों चौंके।

मौजू उठके बाहर गया—चन्द लम्हात के बाद मौजू और मौलवी साहब सहन में थे।

दीये की धुन्धली रोशनी में जैनाँ ने देखा कि मौलवी साहब लड़खड़ा रहे हैं और उनके हाथ में एक घड़ा है।

मौजू ने सहारा देकर मौलवी साहब को चारपाई पर बिठाया।

मौलवी साहब ने घड़ा मौजू को दिया और लुक्नत[28] भरे लहजे में कहा : "आज ख़ुदा ने हमारा बहुत कड़ा इम्तिहान लिया...तुम्हारे गाँव के दो जवान लड़के घूरे में से शराब का घड़ा निकालकर शराब पीने ही वाले थे कि हम पहुँच गये...वह हमें देखते ही भाग गये...हमको बहुत सद्मा हुआ कि इतनी छोटी उम्र और इतना बड़ा गुनाह...फिर हमने सोचा कि इसी उम्र में तो इनसान रास्ते से भटकता है... हमने उनके लिए अल्लाह तबारक तआला के हुज़ूर में गिड़गिड़ाकर दुआ माँगी कि उन बच्चों का गुनाह माफ़ किया जाये...जवाब मिला...जानते हो, क्या जवाब मिला?"

मौजू ने लरज़ते हुए कहा : "जी नहीं!"

"जवाब मिला : 'क्या तू उनका गुनाह अपने सिर लेता है...?' हमने अर्ज़ की : 'हाँ बारी तआला...' आवाज़ आयी : 'तो जा यह सारा घड़ा शराब का तू पी...हमने उन लड़कों को बख़्शा!' "

मौजू के रोंगटे खड़े हो गये : "तो आपने पी?"

मौलवी साहब का लहजा और ज़्यादा लुक्नत भरा हो गया : "हाँ पी...पी... उनका गुनाह अपने सिर लेने के लिए पी...रब्बुलइज़्ज़त की आँखों में सुर्ख़ुरू होने के लिए पी...घड़े में और भी पड़ी है...यह भी हमें पीनी है...रख दे इसे सँभाल के और देख...और देख, इसकी एक बूँद भी इधर-उधर न हो..."

मौजू ने घड़ा उठाकर अन्दर कोठरी में रख दिया और उसके मुँह पर कपड़ा भी बाँध दिया—जब वह वापस सहन में आया तो उसने देखा कि मौलवी साहब उसी तरह चारपाई पर बैठे हैं, जैनाँ उनके पास खड़ी है और उनका सिर दाब रही है; वह जैनाँ से कह रहे थे : "जो आदमी दूसरों के लिए कुछ करता है, अल्लाह जल्ले शानहू उससे बहुत ख़ुश होता है...वह इस वक़्त तुझसे भी ख़ुश है...हम भी तुझसे ख़ुश हैं।"

अपनी ख़ुशी में मौलवी साहब ने जैनाँ को अपने पास बिठाकर उसकी पेशानी चूम ली—जैनाँ ने उठना चाहा, मगर उनकी गिरफ़्त मज़बूत थी।

मौलवी साहब ने जैनाँ को अपने गले से लगाया और मौजू से कहा : "चौधरी मौजू, तेरी बेटी का नसीबा जाग उठा है।"

मौजू सर-ता-पा ममनूनो-मुतशक्किर था : "यह सब आपकी दुआ है, आपकी मेहरबानी है।"

मौलवी साहब ने जैनाँ को एक मर्तबा फिर अपने सीने के साथ भींचा :

"अल्लाह मेहरबान सो कुल मेहरबान...जैनाँ, हम तुझे एक वज़ीफ़ा बतायेंगे...वह पढ़ा करना, अल्लाह हमेशा मेहरबान रहेगा...जाओ, हमारे लिए खाना लाओ...!"

दूसरे दिन सुबह मौलवी साहब बहुत देर से उठे।

मौजू डर के मारे खेतों पर न गया, बस सहन में उनकी चारपाई के पास बैठा रहा।

जब वह उठे तो उनके लिए मिसवाक[29] तैयार थी; पानी, साबुन, सब कुछ तैयार था; नाश्ता भी।

काफ़ी देर के बाद मौलवी साहब के इरशाद के मुताबिक़ मौजू ने शराब का घड़ा ला करउनके पास रख दिया।

उन्होंने ज़ेरे-लब कुछ पढ़ा, घड़े का मुँह खोलकर उसमें तीन बार फूँका और तीन कटोरियाँ शराब चढ़ा गये; फिर उन्होंने ऊपर आसमान की तरफ़ देखा, कुछ पढ़ा और बुलन्द आवाज़ में कहा : "हम तेरे हर इम्तिहान में पूरे उतरेंगे मौला..." फिर वह मौजू से मुख़ातिब हुए : "मौजू जा...हुक्म मिला है कि अभी जा और जैनाँ की माँ को ले आ...रास्ता मिल गया है हमें।"

मौजू बहुत ख़ुश हुआ—जल्दी-जल्दी उसने घोड़ी पर ज़ीन कसी और कहा कि वह दूसरे रोज़ सुबह-सवेरे वापस पहुँच जायेगा; फिर उसने जैनाँ को ताक़ीद की कि वह मौलवी साहब की हर आसाइश का ख़याल रखे और उनकी ख़िदमतगुज़ारी में कोई कसर उठा न रखे।

जैनाँ बरतन माँजने में मश्गूल हो गयी।

मौलवी साहब चारपाई पर बैठे उसे घूरते रहे, धीरे-धीरे कटोरियाँ भर-भर शराब पीते रहे और मोटे-मोटे दानोंवाली तस्बीह फेरते रहे।

जब वह काम से फ़ारिग हो गयी तो उन्होंने उससे कहा : "जैनाँ, देखो, वुज़ू कर लो।"

जैनाँ ने बड़े भोलेपन से जवाब दिया : "मुझे नहीं आता मौलवी जी!"

उन्होंने बड़े प्यार से उसको सरज़निश[30] की : "वुज़ू करना नहीं आता...क्या जवाब देगी अल्लाह को..." यह कहकर वह उठे और उन्होंने जैनाँ को वुज़ू कराया—वह ऐसी निशस्त से और ऐसे अन्दाज़ में उसको समझाते रहे थे कि उसके बदन का एक-एक कोना-ख़ुदरा उनकी नज़रों की ज़द में था।

वुज़ू कराने के बाद उन्होंने जानमाज़ माँगी; वह न मिली तो फिर प्यार से डाँटा और थपथपाया।

उन्होंने खेस मँगवाया और अन्दर कोठड़ी में बिछा दिया, फिर उन्होंने जैनाँ से कहा कि वह बाहर के दरवाज़े की कुंडी लगा दे। जब वह कुंडी लगाकर लौट आयी तो उन्होंने कहा कि वह घड़ा और कटोरा कोठड़ी में ले आये। जब वह दोनों चीज़ें ले आयी तो उन्होंने इशारे से उसे खेस पर बैठने को कहा और तस्बीह फेरना शुरू कर दी।

बहुत देर तक वह आँखें बन्द किये इसी तरह वज़ीफ़ा करते रहे—जैना उनके पास खामोश बैठी रही।

काफी देर के बाद उन्होंने आँखें खोलीं, आधी कटोरी भरी, उसमें तीन फूँकें मारीं और जैनाँ की तरफ़ बढ़ा दी : "पी जाओ इसे।"

जैनाँ ने कटोरी थाम ली, मगर उसके हाथ काँपने लगे।

मौलवी साहब ने बड़े जलाल भरे अन्दाज़ में उसकी तरफ़ देखा : "हम कहते हैं, पी जाओ इसे...तुम लोगों के सारे दिलद्दर दूर हो जायेंगे...!"

जैनाँ काँपते हाथों से आधी कटोरी पी गयी और उसका बदन सुलगने लगा।

मौलवी साहब अपनी दाढ़ी में मुसकराए : "हम फिर अपना वज़ीफ़ा शुरू करते हैं...जब भी हम अपनी शहादत की उँगली से इशारा करें तो घड़े में से आधी कटोरी भरकर फ़ौरन पी जाना और पीती रहना...समझ गयी?"

उन्होंने जैनाँ को कुछ कहने का मौक़ा ही न दिया और आँखें बन्द करके मुराक़्बे[31] में चले गये।

जैनाँ के मुँह का जाइका बेहद ख़राब हो गया था और उसके सीने में आग-सी लग रही थी; वह चाहती थी कि उठकर ठण्डा-ठण्डा पानी पिये, पर वह कैसे उठ सकती थी।

एकदम मौलवी साहब की शहादत की उँगली उठी—जैनाँ ने एक नाक़ाबिले-फ़हम दबाव के तहत फ़ौरन आधी कटोरी भरी और एक ही साँस में पी गयी; उसको उबकाई-सी आयी, मगर उसने रोक ली; उसने लुआब थूकना चाहा, मगर निगल लिया; उसने ज़ोर से आँखें भींचीं और फिर खोलीं—मौलवी साहब आँखें बन्द किये तस्बीह के दाने फेर रहे थे—जाने कितनी बार मौलवी साहब की शहादत की उँगली उठी, जाने कितनी बार जैनाँ ने आधी कटोरी भरकर पी—जैनाँ ने महसूस किया कि मौलवी साहब के चेहरे पर नूर बरस रहा है और उसके अपने बदन में लपटें-सी उठ रही हैं; एक रोशन-सी धुन्ध फैल रही है और उसकी आँखों को दिखायी देते हुए भी कुछ दिखायी नहीं दे रहा है; बस उसका बदन देख रहा है कि वह एक जवान, मज़बूत, ख़ूबसूरत मर्द की गोद में है और वह उसे जन्नत दिखाने ले जा रहा है...

जब जैनाँ की आँखें खुलीं तो वह खेस पर लेटी हुई थी।

उसने नीम वा मख़्मूर[32] आँखों से इधर-उधर देखा।

वह वहाँ क्यों लेटी हुई है, वह वहाँ कब लेटी थी—उसने सोचना चाहा तो उसे धुन्ध-सी नज़र आयी और नींद आने लगी; उसका बदन दुख रहा था, लेकिन अनजाने तौर पर मुतमइन था।

और वह जन्नत?

वह एमदम उठ बैठी—बाहर सहन में आयी तो उसने देखा कि दिन ढल चुका है और मौलवी साहब खुरे के पास बैठे वुज़ू कर रहे हैं।

आहट सुन कर उन्होंने पलटकर जैनाँ की तरफ़ देखा और मुसकराए।

जैनाँ की समझ में कुछ न आया; वह वापस कोठड़ी में चली गयी और खेस पर बैठकर अपनी माँ के मुताल्लिक़ सोचने लगी, जिसको वापस लाने उसका बाप गया हुआ था और पूरी रात बाक़ी थी उनकी वापसी में।

उसे सख़्त भूख लग रही थी, लेकिन एक बेनाम थकन के मारे उससे उठा नहीं जा रहा था; उसके छोटे-से मुज़्तरिब[33] दिमाग़ में धुन्ध में लिपटी बेशुमार बातें आ रही थीं।

थोड़ी देर के बाद कोठरी में मौलवी साहब नुमूदार हुए, उन्होंने कहा : "हमें तुम्हारे बाप के लिए एक वज़ीफ़ा करना है...सारी रात किसी क़ब्र के पास बैठना होगा...सुबह आ जायेंगे...तुम्हारे लिए भी दुआ माँगेंगे..." और वह घड़ा उठाकर चले गये।

जैनाँ ने फिर सोचने की कोशिश की—जन्नत...एक जवान, मज़बूत, ख़ूबसूरत मर्द की गोद...

वह धुन्ध में खोई-खोई सो गयी।

सुबह सवेरे उसकी नींद खुली ही थी कि मौलवी साहब आ गये—उनकी बड़ी-बड़ी आँखें, जिनमें सुर्मे की तहरीर ग़ायब थी, बेहद सुर्ख़ थीं, उनके क़दमों में लड़खड़ाहट थी—उन्होंने अन्दर कोठड़ी में जा कर घड़ा रख दिया।

सहन में आते ही उन्होंने मुसकराकर जैनाँ की तरफ़ देखा और आगे बढ़कर उसको गले से लगा लिया; फिर उसकी पेशानी को चूमा और चारपाई पर बैठ गये।

जैनाँ एक तरफ़ कोने में पीढ़ी पर गुमसुम बैठ गयी—उसको अपने बाप का इन्तज़ार था, माँ का भी, जिससे बिछड़े हुए उसे दो बरस हो चुके थे।

मौलवी साहब ने कहा : "जैनाँ, मौजू अभी तक नहीं आया?"

वह ख़ामोश रही।

मौलवी साहब फिर उससे मुख़ातिब हुए : "हम सारी रात एक टूटी हुई क़ब्र पर सिर न्योढ़ाए सुनसान क़ब्रिस्तान में मौजू के लिए वज़ीफ़ा पढ़ते रहे...कब आयेगा वह...क्या वह ले आयेगा तुम्हारी माँ को...?"

जैनाँ ने सिर्फ़ इस क़दर कहा : "जी, मालूम नहीं..."

थोड़ी देर के बाद आहट हुई तो जैनाँ उठी—ड्योढ़ी में उसकी माँ खड़ी थी—वह उसे देखते ही उससे लिपट गयी और रोने लगी।

फिर मौजू आया। उसने मौलवी साहब को बड़े अदब और एहतिराम के साथ सलाम किया; फिर उसने अपनी बीवी से कहा : "फ़ाताँ, सलाम करो मौलवी साहब को।"

फ़ाताँ अपनी बैटी से अलग हुई, अपने आँसू पोंछती हुई आगे बढ़ी और उसने मौलवी साहब को सलाम किया।

मौलवी साहब ने अपनी लाल-लाल आँखों से फ़ाताँ को घूरके देखा और मौजू से कहा : "हम सारी रात एक टूटी हई क़ब्र के पास बैठकर तुम्हारे लिए वज़ीफ़ा पढ़ते रहे...अभी-अभी उठके आये हैं...अल्लाह ने हमारी सुन ली है...सब ठीक हो जायेगा।"

मौजू ने फ़र्श पर बैठकर मौलवी साहब के पाँव दाबने शुरू कर दिये; वह इतना ममनूनो-मुतशक्किर था कि कुछ न कह सका—फ़ाताँ से मुख़ातिब हो कर उसने आँसुओं भरी आवाज़ में कहा : "तू ही मौलवी साहब का शुक्रिया अदा कर...मुझे तो आता नहीं।"

फ़ाताँ उसके पास ही बैठ गयी और मौलवी साहब से सिर्फ़ इतना कह रही : "हम ग़रीब लोग क्या अदा कर सकते हैं?"

मौलवी साहब ने ग़ौर से फ़ाताँ को देखा : "मौजू, तुम ठीक कहते थे...फ़ाताँ ख़ूबसूरत है; इस उम्र में भी जवान मालूम होती है, बिलकुल दूसरी जैनाँ...उससे भी अच्छी..." फिर वह फ़ाताँ, से मुख़ातिब हुए : "हम सब ठीक कर देंगे फ़ाताँ... अल्लाह का फ़ज़्लो-करम हो गया है।"

मौजू और फ़ाताँ, दोनों खामोश रहे—मौजू मौलवी साहब के पाँव दबाता रहा, फ़ाताँ उसके पास बैठी रही—जैनाँ चूल्हा सुलगाने में मसरूफ़ हो गयी थी।

आख़िर मौलवी साहब उठे, फ़ाताँ के सर पर हाथ से प्यार किया और मौजू से मुख़ातिब हुए : "अल्लाह तआला का हुक्म है कि जब कोई आदमी अपनी बीवी को तलाक़ देने के बाद फिर उसको अपने घर बसाना चाहे तो उसकी सज़ा यह है कि पहले वह औरत किसी और मर्द से शादी करे, उससे तलाक़ ले, तब जाइज़ है।"

मौजू ने हौले-से कहा : "यह मैं सुन चुका हूँ मौलवी साहब!"

मौलवी साहब ने मौजू को उठाया और उसके कन्धे पर हाथ रखा : "लेकिन हमने खुदा के हुज़ूर गिड़गिड़ाकर दुआ माँगी कि ऐसी कड़ी सज़ा न दी जाये ग़रीब मौजू को; उससे भूल हो गयी है...आवाज़ आयी : 'हम तेरी सिफ़ारिशें कब तक सुनते रहेंगे...तू अपने लिए जो भी माँग, हम देने के लिए तैयार हैं...' हमने अर्ज़ की : 'मेरे शहनशाह...बह्रो बर[34] के मालिक...हम अपने लिए कुछ नहीं माँगते...तेरा दिया हमारे पास बहुत कुछ है...हम मौजू के लिए माँगते हैं, इसलिए कि मौजू को फ़ाताँ से मुहब्बत है...' इरशाद हुआ : 'तो हम उसकी मुहब्बत और तेरे ईमान का इम्तिहान लेना चाहते हैं...एक दिन के लिए तू फ़ाताँ से निकाह कर ले और दूसरे दिन उसे तलाक़ देकर मौजू के हवाले कर दे...हम तेरे लिए बस सिर्फ़ यही कर सकते हैं कि तूने चालीस बरस दिल से हमारी इबादत की है'..."

मौजू बहुत खुश हुआ : "मुझे मंज़ूर है मौलवी साहब, मुझे मंज़ूर है..." फिर उसने फ़ाताँ की तरफ़ तमतमाती आँखों से देखा : "क्यों फ़ाताँ?" उसने फ़ाताँ के जवाब का इन्तज़ार तक न किया : "हम दोनों को मंज़ूर है।"

मौलवी साहब ने आँखें बन्द कर लीं और देर तक कुछ पढ़ते रहे; फिर उन्होंने

आँखें खोलकर मौजू और फ़ाताँ, दोनों के फूँक मारी और आसमान की तरफ़ नज़रें उठाईं : "अल्लाह तबारक तआला हम सबको इस इम्तिहान में पूरा उतारे..." फिर वह मौजू से मुख़ातिब हुए : "अच्छा मौजू, हम अब चलते हैं...तुम और जैनाँ आज की रात कहीं चले जाना और कल सुबह सवेरे लौट आना...हम शाम को आयेंगे..." यह कहकर वह चले गये।

शाम हुई तो मौजू और जैनाँ तैयार हो गये।

शाम ढलने को थी कि मौलवी साहब वापिस आये—वह ज़ेरे-लब कुछ पढ़ रहे थे।

काफ़ी देर के बाद जब उन्होंने इशारा किया तो मौजू और जैनाँ ड्योढ़ी से बाहर निकल गये।

मौलवी साहब उठे और ड्योढ़ी की कुंडी चढ़ाने के बाद फ़ाताँ से बोले : "फ़ाताँ, तुम आज की रात हमारी बीवी हो...जाओ अन्दर से बिस्तर ले आओ और चारपाई पर बिछा दो...थोड़ी देर के बाद हम सोएँगे।"

जब फ़ाताँ ने अन्दर कोठड़ी से बिस्तर ला कर चारपाई पर बड़े सलीके से बिछा दिया तो मौलवी साहब ने कहा : "तुम बैठो, हम अभी आते हैं।"

यह कहकर वह कोठड़ी में चले गये—दीया रोशन था और कोने में बरतनों की मीनारें के पास उनका घड़ा रखा था।

उन्होंने घड़ा हिला करदेखा—काफ़ी बाक़ी थी।

घड़ा उठाकर, उसके साथ ही मुँह लगाकर उन्होंने कई बड़े-बड़े घूँट भरे; फिर घड़ा रखकर रेशमी फूलोंवालो बसन्ती रूमाल से मूँछें और होंट साफ़ किये और सहन में आ गये—घड़ा उनकी बग़ल में था और कटोरी हाथ में।

फ़ाताँ चारपाई पर बैठी हुई थी—मौलवी साहब ने इशारे से फ़ाताँ को बैठे रहने को कहा और उसके बिलकुल क़रीब फ़र्श पर बैठ गये।

आधी कटोरी भरने के बाद उसे अपने सामने रखकर वह काफ़ी देर तक कुछ पढ़ते रहे, फिर तीन दफ़ा फूँककर उन्होंने कटोरी उठाई और फ़ाताँ की तरफ़ बढ़ाई : "लो एक साँस में इसे पी जाओ।"

फ़ाताँ पी गयी—उसे उबकाई आयी तो मौलवी साहब तेज़ी से उठे और उसकी पीठ थपथपाते हुए कड़क़दार आवाज़ में बोले : "ठीक हो जाओ फ़ौरन।"

फ़ाताँ सँभली और किसी क़दर ठीक हो गयी।

मौलवी साहब ने कितनी बार आधी कटोरी भरी, फूँकी और फ़ाताँ को दी।

फ़ाताँ जब चारपाई पर बैठे-बैठे थक गयी तो टाँगें फैला करलेट गयी—मौलवी साहब उठे और फ़ाताँ पर छा गये।

सुबह सवेरे जब मौजू और जैनाँ लौटे तो उन्होंने देखा कि ड्योढ़ी का दरवाज़ा खुला हुआ है, सहन में फ़ाताँ सो रही है, चारपाई के पास ही घड़ा और कटोरी पड़ी है,

मगर मौलवी साहब मौजूद नहीं हैं।

मौजू ने सोचा : "शायद बाहर गये होंगे खेतों में..." उसने आगे बढ़कर फ़ाताँ को जगाया।

फ़ाताँ ने गूँ-गूँ की, फिर 'जन्नत, जन्नत' बड़बड़ाते हुए आँखें खोल दीं—जब उसने मौजू और जैनाँ को देखा तो फ़ौरन उठकर बैठ गयी।

मौजू ने पूछा : "मौलवी साहब कहाँ हैं?"

फ़ाताँ आँखें फाड़े उनको देख रही थी : "मौलवी साहब? कौन मौलवी साहब...? ओह, वह...यहाँ नहीं हैं क्या?"

"नहीं...," मौजू ने कहा : "मैं उन्हें बाहर देखता हूँ।"

वह अभी ड्योढ़ी ही में था कि उसे फ़ाताँ की हल्की-सी चीख़ सुनाई दी।

उसने पलटकर देखा—फ़ाताँ तकिया उठाये कुछ देख रही थी।

जब वह क़रीब आया तो फ़ाताँ ने पूछा : "यह क्या है?"

मौजू ने कहा : "बाल।"

जैनाँ ने कहा : "मौलवी साहब की दाढ़ी और पट्टे!"

फ़ाताँ ने कहा : "हाँ, मौलवी साहब की दाढ़ी और पट्टे!"

मौजू ने आगे बढ़कर दाढ़ी और पट्टे उठा लिए—"मौलवी साहब कहाँ हैं?" फ़ौरन ही उसके सादा लौह और बेलौस दिमाग़ में एक ख़याल आया : "फ़ाताँ.. जैनाँ, तुम नहीं समझीं...वह कोई करामातवाले बुज़ुर्ग थे...हमारा काम कर गये और अपनी निशानी छोड़ गये..."

उसने दाढ़ी और पट्टों को चूमा, आँखों से लगाया और फिर उनको जैनाँ के हवाले करके कहा : "देखो बेटी, इनको किसी साफ़ कपड़े में लपेटकर बड़े सन्दूक़ से हिफ़ाज़त से रख दो...खुदा के हुक्म से घर में बरकत ही बरकत रहेगी।"

जैनाँ दाढ़ी और पट्टे ले कर अन्दर कोठड़ी में चली गयी तो मौजू फ़ाताँ के पास बैठ गया और बड़े प्यार से कहने लगा : "मैं अब नमाज़ पढ़ना सीखूँगा और मौलवी साहब के लिए दुआ किया करूँगा, जिन्होंने हम दोनों को फिर से मिला दिया।"

फ़ाताँ ख़ामोश रही।

---

1. दूर पड़ी हुई; 2. लड़का; 3. कृतज्ञ; 4. पूजा-पाठ; 5. आदेश; 6. उतरना; 7. कुर्आन शरीफ़ लपेटने या रखने का वस्त्र; 8. मुक्ति; 9. प्रभावशाली; 10. महाप्रलय; 11. शाबाश; 12. भाषण; 13. शर्मिंदगी; 14. लम्बी दाढ़ी वाला; 15. धर्मसम्मत; 16. क्रोधित; 17. विशिष्ट; 18. अपराध, ग़लती; 19. कृतज्ञ; 20. आँसू; 21. आदेश; 22. धर्मगुरु के प्रति श्रद्धा का भाव; 23. अवज्ञा; 24. निष्कपट; 25. दया का फ़रिश्ता; 26. ख़ुशी; 27. प्रायश्चित; 28. हकलाहट; 29. दातुन; 30. फटकारना, डाँटना; 31. समाधि, ईश्वर से ध्यान लगाने की अवस्था; 32. अधखुली नशीली; 33. बेचैन; 34. सागर और धरती।

अंजाम बख़ैर

बँटवारे के बाद जब फ़िरक़ावाराना फ़साद बहुत शिद्दत[1] इख़्तियार कर गये और जगह-जगह हिन्दुओं और मुसलमानों के ख़ून से ज़मीन रँगी जाने लगी तो नसीम अख़्तर ने, जो दिल्ली की नौख़ेज़[2] तवाइफ़ थी, अपनी बूढ़ी माँ से कहा : "चलो माँ, यहाँ से चलें।"

बूढ़ी नायिका ने अपने पोपले मुँह में पानदान से छालिया के बारीक-बारीक टुकड़े डालते हुए नसीम अख़्तर से पूछा : "कहाँ जायेंगे बिटिया?"

"पाकिस्तान!" यह कहकर नसीम अख़्तर अपने उस्ताद ख़ान साहब अच्छन ख़ाँ से मुख़ातिब हुई : "ख़ाँ साहब, आपका क्या ख़याल है...यहाँ रहना अब ख़तरे से ख़ाली नहीं।"

ख़ाँ साहब ने नसीम अख़्तर की हाँ में हाँ मिलाई : "तुम ठीक कहती हो...बाई जी को मना लो तो हम सब चलते हैं।"

नसीम अख़्तर ने अपनी माँ से बहुतेरा कहा : "चलो यहाँ से...अब यहाँ हिन्दुओं का राज होगा और वह लोग कोई मुसलमान बाक़ी नहीं छोड़ेंगे।"

बूढ़ी नायिका ने कहा : "तो क्या हुआ...हमारा धन्धा तो हिन्दुओं की ही बदौलत चलता है और तुम्हारे चाहनेवाले भी सबके सब हिन्दू ही हैं...मुसलमानों में रखा ही क्या है?"

"ऐसा न कहो माँ...उनका मज़हब और हमारा मज़हब एक है...क़ायदे-आज़म साहब ने इतनी मेहनत से मुसलमानों के लिए पाकिस्तान बनाया है...हमें अब वहीं रहना चाहिए।"

मांडो मीरासी ने अफ़ीम के नशे में अपना सिर हिलाया और गुनूदगी भरी आवाज़ में कहा : "छोटी बाई, अल्लाह सलामत रखे तुम्हें...क्या बात कही है तुमने...मैं तो अभी चलने के लिए तैयार हूँ...मेरी क़ब्र पाकिस्तान में बने तो मेरी रूह हमेशा ख़ुश रहेगी।"

दूसरे मीरासी भी तैयार हो गये, लेकिन बड़ी बाई दिल्ली छोड़ना नहीं चाहती थी और बालाख़ाने[3] पर उसी का हुक्म चलता था, इसलिए सब ख़ामोश हो गये।

बड़ी बाई ने सेठ गोविन्द प्रकाश की कोठी पर आदमी भेजा और उसके आने पर कहा : "मेरी बच्ची आजकल बहुत डरी हुई है...पाकिस्तान जाना चाहती है... मैंने उसे समझाया है कि वहाँ क्या धरा है। ...यहाँ आप-जैसे मेहरबान सेठ लोग मौजूद हैं...वहाँ जाके तो हम उपले थापेंगे...आप एक करम कीजिए।"

सेठ गोविन्द प्रकाश यूँ तो बड़ी बाई की बातें सुन रहा था, मगर उसका दिमाग़ कुछ और ही सोच रहा था—एकदम चौंककर उसने बड़ी बाई से पूछा : "तुम क्या चाहती हो?"

"हमारे कोठे के नीचे दो-तीन बन्दूक़ वाले सिपाहियों का पहरा खड़ा करवा दीजिए ताकि मेरी बच्ची का सहम दूर हो जाये।"

सेठ ने कहा : "यह कोई मुश्किल काम नहीं है...मैं अभी जा कर सुपरिंटेण्डेण्ट पुलिस से मिलता हूँ...शाम से पहले-पहले तुम्हारे कोठे के नीचे सिपाही मौजूद होंगे।"

बड़ी बाई ने सेठ को बहुत दुआयें दीं।

जब वह जाने लगा तो उसने कहा : "हम आज अपनी नसीम अख़्तर का मुजरा सुनने आयेंगे।"

बड़ी बी ने ताज़ीमन[4] कहा : "हाये जम-जम आइये...आपका अपना घर है, बच्ची को अपनी कनीज़[5] समझिए...खाना यहीं खाइएगा।"

"नहीं...मैं आजकल परहेज़ी खाना खा रहा हूँ।" यह कहकर सेठ अपनी तोंद पर हाथ फेरता हुआ चला गया।

शाम को बड़ी बी ने चाँदनियाँ बदलवाईं, गावतकियों पर नये ग़िलाफ़ चढ़वाये, ज़्यादा रोशनीवाले बल्ब लगवाये और अपने नौकर को सेठ गोविन्द प्रकाश के लिए आला क़िस्म के सिगरेटों का डिब्बा लाने भेज दिया।

थोड़ी ही देर के बाद नौकर हवासबाख़्ता[6] हाँफता-काँपता वापस आ गया—उसके मुँह से एक बात भी नहीं निकलती थी। आख़िर जब वह कुछ देर के बाद सँभला तो उसने बताया कि चौंक में पाँच-छह सिखों ने एक मुसलमान ख़्वांचा फ़रोश को किरपानों से उसकी आँखों के सामने टुकड़े-टुकड़े कर डाला है : "जब मैंने वह सब देखा तो सिर पर पाँव रखकर भागा और यहाँ आके दम लिया।"

नसीम अख़्तर यह ख़बर सुन कर बेहोश हो गयी।

बड़ी मुश्किलों से ख़ान साहब अच्छन ख़ाँ उसे होश में लाये।

वह बहुत देर तक निढाल रही और ख़ामोशी से ख़ला में देखती रही।

आख़िर उसकी माँ ने कहा : "ख़ून-ख़राबे होते ही रहते हैं...क्या इससे पहले क़त्ल नहीं होते थे?"

माँ के दम-दिलासा देने से वह सँभल गयी तो उसकी माँ ने फिर बड़े दुलार और प्यार से कहा : "उठो मेरी बच्ची, जाओ पिश्वाज़[7] पहनो...सेठ साहब आते ही होंगे।"

उसने बादिले-नख़्वास्ता पिश्वाज़ पहनी, सोलह सिंगार किये और मसनद पर बैठ गयी।

उसका जी भारी-भारी था। उसको ऐसा महसूस हो रहा था कि उस मक़्तूल[8] ख़्वांचा फ़रोश का सारा ख़ून उसके दिलो-दिमाग़ पर जम गया है। उसका दिल धड़क रहा था। उसका जी चाह रहा था कि ज़र्क़ बर्क़ पिश्वाज़ की बजाय सादा शलवार-क़मीस पहन ले।

आख़िर उससे रहा न गया—उसने हाथ जोड़ कर अपनी माँ से कहा : "ख़ुदा के लिए मेरी बात सुनो और भाग चलो यहाँ से...मेरा दिल गवाही देता है कि हम पर कोई न कोई आफ़त आनेवाली है।"

उसकी माँ ने झुँझला करकहा : "हम पर क्यों आफ़त आने लगी...? हमने किसी का क्या बिगाड़ा है?"

उसने बड़ी संजीदगी से जवाब दिया : "उस ग़रीब ख़्वांचा फ़रोश ने किसी का क्या बिगाड़ा था, जो ज़ालिमों ने उसके टुकड़े-टुकड़े कर डाले...बिगाड़नेवाले उल्टे बच जाते हैं...मारे जाते हैं वह जिन्होंने किसी का कुछ बिगाड़ा नहीं होता।"

"तुम्हारा दिमाग़ ख़राब हो गया है।"

"चारों तरफ़ ख़ून की नदियाँ बह रही हैं; ऐसे हालात में किसका दिमाग़ दुरुस्त रह सकता है।" यह कहकर वह उठी और बालकनी में खड़ी हो गयी और नीचे बाज़ार में देखने लगी।

उसे बिजली के खम्बे के पास चार आदमी खड़े दिखायी दिये जिनके पास बन्दूक़ें थीं—उसने ख़ान साहब अच्छन खाँ को बुलाया और इशारे से वे चारों आदमी दिखाये : "ऐसा लगता है, वे वही सिपाही हैं, जिनको भेजने का वादा सेठ साहब कर गये हैं।"

ख़ान साहब अच्छन खाँ ने उन आदमियों को अपनी चुँधी आँखों से बग़ौर देखा : "नहीं, वे सिपाही नहीं हैं...सिपाहियों के तो वर्दी होती है...मुझे तो वे गुण्डे मालूम होते हैं।"

उसका कलेजा धक-से रह गया : "गुण्डे?"

"अल्लाह बेहतर जानता है...कुछ कहा नहीं जा सकता...लो, वह तुम्हारे कोठे की तरफ़ ही आ रहे हैं...देखो नसीम, तुम ऊपर छत पर चली जाओ...मैं अभी आता हूँ...मुझे दाल में कुछ काला-काला नज़र आता है।"

वह चुपके से, माँ कीं नज़र बचाकर, छत पर चली गयी।

थोड़ी देर के बाद ख़ान साहब अच्छन ख़ाँ अपनी चुँधी आँखें झपकाते आये।

उसका दिल डूब रहा था—उसने पूछा : "क्या बात है?"

"वही, जिसका मुझे डर था...तुम्हारे मुताल्लिक़ पूछ रहे थे और कह रहे थे कि तुम्हारे लिए सेठ गोविन्द प्रकाश ने कार भेजी है और बुलाया है...बाई जी बहुत ख़ुश हुईं और कहने लगीं : 'बड़ी मेहरबानी है उनकी; मैं देखती हूँ, कहाँ है नसीम...शायद गुस्लख़ाने में हो...आप रुकिए, मैं भी तैयार हो जाती हूँ...उन गुण्डों

में से एक ने कहा : 'तुम्हें क्या सेठ साहब शहद लगा के चाटेंगे...बैठी रहो, जहाँ बैठी हो; ख़बरदार जो यहाँ से हिलीं...हम खुद तुम्हारी बेटी को ढूँढ़ लेंगे...' मैंने जब ये बातें सुनीं और उन गुण्डों के बिगड़े हुए तेवर देखे तो खिसक आया।"

वह हवास खो बैठी : "अब क्या किया जाये?"

ख़ान साहब अच्छन ख़ाँ ने अपना सिर खुजलाया और कहा : "देखो, मैं कोई तरक़ीब सोचता हूँ यहाँ से फ़ौरन निकल भागने की।"

"और माँ?"

"बाई जी के मुताल्लिक़ कुछ नहीं कह सकता...उनको अल्लाह के हवाले करके खुद निकल भागना चाहिए।"

ऊपर चारपाई पर दो चादरें पड़ी हुई थीं—ख़ान साहब ने उनको गाँठ देकर एक रस्सा-सा बनाया और मज़बूती से एक कुण्डे के साथ बाँधकर दूसरी तरफ़ गली में लटका दिया—नीचे लाण्ड्री की छत थी।

"अगर हम लाण्ड्री की छत पर उतर जायें तो आगे रास्ता साफ़ होगा...लाण्ड्री की छत की सीढ़ियाँ दूसरी तरफ़ है...उनके ज़रिए हम तवेले तक पहुँच सकते हैं और वहाँ से साइस के ताँगे में, जो मुसलमान है, सीधा स्टेशन का रुख़ कर सकते हैं..." ख़ान साहब ने तरक़ीब बताई।

नसीम अख़्तर ने बड़ी बहादुरी दिखायी। धीरे-धीरे नीचे फिसलती हुई लाण्ड्री की छत पर क़ूद पड़ी।

ख़ान साहब अच्छन ख़ाँ भी बहिफ़ाज़त तमाम उतर आये।

दोनों लाण्ड्री की सीढ़ियाँ तय करके तवेले में पहुँच गये।

साइस इत्तफ़ाक़ से ताँगे में घोड़ा जोत रहा था—दोनों ताँगे में बैठे और उन्होंने स्टेशन का रुख़ किया।

रास्ते ही में उन्हें मुसल्लह फ़ौजी मुसलमानों का मिलिट्री ट्रक मिल गया जो हिन्दुओं के ख़तरनाक महल्लों से मुसलमानों को निकाल-निकालकर महफ़ूज मकामों पर पहुँचा रहा था और जो मुसलमान पाकिस्तान जाना चाहते थे, उन्हें स्पेशल ट्रेनों में जगह दिलवा देता था—ताँगे से उतरकर वे ट्रक में बैठ गये और चन्द ही मिनटों में स्टेशन पर पहुँच गये।

स्पेशल ट्रेन तैयार थी—उनको अच्छी जगह मिल गयी और वह बख़ैरियत लाहौर पहुँच गये।

लाहौर में वह क़रीब-क़रीब एक महीने तक वाल्टन कैंप में रहे, निहायत क़समपुरसी की हालत में—फिर वह शहर चले आये।

नसीम अख़्तर के पास काफ़ी ज़ेवर था जो उसने उस रात पहना था जिस रात सेठ गोविन्द प्रकाश उसका मुजरा सुनने आ रहा था। उसने सारा ज़ेवर उतारकर

ख़ान साहब अच्छन ख़ाँ के हवाले कर दिया था।

जब वह वाल्टन कैंप छोड़ कर शहर आये तो उन्होंने कुछ ज़ेवर बेचकर एक सस्ते से होटल में रहना शुरू कर दिया और मकान की तलाश जारी रखी—आख़िर बदिक़्क़ते-तमाम उन्हें हीरा मण्डी में एक मकान मिल गया जो अच्छा-ख़ासा था।

हीरा मण्डी में उठ आने के बाद ख़ान साहब अच्छन ख़ाँ ने नसीम अख़्तर से कहा : "गद्दे और चाँदनियाँ वग़ैरह ख़रीद लेते हैं...और तुम बिस्मिल्लाह करके मुजरा शुरू कर दो।"

नसीम अख़्तर ने कहा : "नहीं ख़ाँ साहब...मेरा जी उकता गया है...मैं तो इस मकान में भी रहना पसन्द नहीं करती...किसी शरीफ़ महल्ले में कोई छोटा-सा मकान तलाश कीजिए कि मैं वहाँ उठ जाऊँ...मैं अब ख़ामोश ज़िन्दगी बसर करना चाहती हूँ।"

ख़ान साहब को बड़ी हैरत हुई : "क्या हो गया है तुम्हें?"

"बस जी उचाट हो गया है...मैं इस ज़िन्दगी से किनाराकशी इख़्तियार करना चाहती हूँ...दुआ कीजिए, ख़ुदा साबित क़दम रखे।" यह कहते हुए उसकी आँखों में आँसू आ गये।

ख़ान साहब ने उसको बहुत तरग़ीब[9] दी, पर वह टस से मस न हुई।

एक दिन उसने ख़ान साहब से साफ़ कह दिया कि वह शादी करना चाहती है और किसी ने उसे कुबूल न किया तो वह उम्र भर कुँआरी रहेगी।

ख़ान साहब अच्छन ख़ाँ बहुत हैरान हुए कि नसीम अख़्तर में यह तब्दीली कैसे आयी है : 'फ़सादात तो इसका बायस नहीं हो सकते...फिर क्या वजह है कि वह मुजरा तर्क करने पर तुली हुई है और शादी करके शरीफ़ाना ज़िन्दगी बसर करना चाहती है...' उन्होंने कई बार सोचा।

जब वह नसीम अख़्तर को समझा-समझाकर थक गये तो उन्होंने उसे एक महल्ले में जहाँ शुरफ़ा[10] रहते थे, एक छोटा-सा मकान किराये पर ले दिया और ख़ुद एक मालदर तवाइफ़ को तालीम देने की ग़रज़ से हीरा मण्डी के एक कोठे पर उठ गये।

नसीम अख़्तर ने थोड़े से बर्तन ख़रीदे; एक चारपाई और बिस्तर वग़ैरह भी—उसने एक छोटे-से लड़के को नौकर रख लिया और सुकून की ज़िन्दगी बसर करने लगी।

पाँचों नमाज़ें पढ़ती—रोज़े आये तो उसने सारे के सारे ही रखे।

एक दिन वह ग़ुस्लख़ाने में नहा रही थी कि ग़ैर इरादी तौर पर अपनी सुरीली आवाज़ में गाने लगी।

उसके यहाँ एक औरत का आना-जाना था—उसको मालूम नहीं था कि वह औरत शरीफ़ों के मुहल्लों की फाफा कटनी है; शरीफ़ों के मुहल्ले में कई घर तबाहो-बरबाद कर चुकी है; कई लड़कियों की इस्मत औने-पौने दामों बिकवा चुकी है।

जब उस औरत ने, जिसका नाम जनते था, नसीम अख़्तर की सुरीली और मँझी हुई आवाज़ सुनी तो उसको मअन[11] ख़याल आया कि यह लड़की, जिसका आगा है न पीछा, बड़ी मार्के की तवाइफ़ बन सकती है—बस उसने नसीम अख़्तर पर डोरे डालने शुरू कर दिये और कई सब्ज़बाग़ दिखाये, मगर नसीम अख़्तर उसके काबू में न आयी।

आख़िर एक रोज़ थक-हारकर उस औरत ने नसीम अख़्तर को गले से लगा लिया और चटपट बलायें लेना शुरू कर दीं : "जीती रहो बेटा, मैं तो तुम्हारा इम्तिहान ले रही थी...तुम सोलह आने पूरी उतरी हो।"

नसीम अख़्तर की आँखें भीग गयीं—उसने जनते को बता दिया कि वह शादी करना चाहती है, इसलिए कि एक यतीम कुँआरी लड़की का अकेले रहना ख़तरे से ख़ाली नहीं है।

जनते ने कहा : "बेटा, यह क्या मुश्किल है...मैंने सैकड़ों शादियाँ कराई हैं और सबकी सब कामयाब रही हैं...अल्लाह ने चाहा तो तुम्हें हस्बे-मंशा मियाँ मिल जायेगा जो तुम्हारे पाँव धो-धोकर पियेगा।"

जनते कई रिश्ते लाई मगर उसने किसी रिश्ते की भी कोई ख़ास तारीफ़ न की—आख़िर में वह एक ऐसा रिश्ता लाई जो उसके कहने के मुताबिक़ फ़रिश्ता सीरत और साहिबे-जायदाद था और उम्र का भी ज़्यादा नहीं था।

नसीम अख़्तर मान गयी—तारीख़ मुक़र्रर की गयी और आख़िर उसकी शादी अंजाम पा गयी।

वह ख़ुश थी कि उसका मियाँ बहुत अच्छा है और उसकी हर आसाइश का ख़याल रखता है।

एक दिन उसके होशो-हवास गुम हो गये जब उसने दूसरे कमरे में बैठी हुई औरतों की आवाज़ें सुनीं—उसने दरज़ में से झाँककर देखा कि उसका मियाँ दो बूढ़ी तवाइफ़ों से उसके मुताल्लिक़ बातें कर रहा है; जनते भी पास बैठी है और सब मिलकर उसका सौदा तय कर रहे हैं।

उसकी समझ में कुछ न आया कि वह क्या करे और क्या न करे। बहुत देर तक वह रोती और सोचती रही—आख़िर वह उठी, अपनी पिश्वाज़ निकालकर पहनी और बाहर निकलकर सीधी अपने उस्ताद ख़ान साहब अच्छन ख़ाँ के पास पहुँची और फिर उसने मुजरे के साथ-साथ पेशा भी शुरू कर दिया—एक अजीब क़िस्म के इन्तिक़ामी जज़्बे के साथ वह खेलने लगी।

---

1. तेज़ी, तीव्रता; 2. नौजवान, नवविकसित; 3. कोठा; 4. आदर से; 5. दासी, सेविका; 6. घबराया हुआ, हड़बड़ाया हुआ; 7. नृत्य के समय पहना जानेवाला लहँगा; 8. क़त्ल किया हुआ; 9. प्रलोभन; 10. सज्जन, शरीफ लोग; 11. अचानक, सहसा।

सड़क के किनारे

यही दिन थे; आसमान उसकी आँखों की तरह ऐसा ही नीला था, जैसा कि आज है, धुला हुआ, निथरा हुआ...और धूप भी ऐसी ही कुनकुनी थी, सुहाने ख़्वाबों की तरह...मिट्टी की बास भी ऐसी ही थी, जैसी कि इस वक़्त मेरे दिलो-दिमाग़ में रच रही है...और मैंने इसी तरह लेटे-लेटे अपनी फड़फड़ाती हुई रूह उसके हवाले की थी...

फिर उसने मुझसे कहा था : "तुमने मुझे जो यह लम्हात अता किये हैं, यक़ीन जानो, मेरी ज़िन्दगी इनसे ख़ाली थी...जो ख़ाली जगहें तुमने आज मेरी हस्ती में पुर की हैं, तुम्हारी शुक्रगुज़ार हैं...तुम मेरी ज़िन्दगी में न आतीं तो शायद मेरी ज़िन्दगी हमेशा अधूरी रहती...मेरी समझ में नहीं आता, मैं तुमसे और क्या कहूँ...मेरी तकमील हो गयी है, ऐसे मुकम्मल तौर पर कि महसूस होता है, मुझे अब तुम्हारी ज़रूरत नहीं रही...।"

और वह चला गया...हमेशा के लिए चला गया...

मेरी आँखें रोईं, मेरा दिल रोया...मैंने उसकी मिन्नत-समाजत की, उससे लाख मर्तबा पूछा : "अब तुम्हें मेरी ज़रूरत क्यों नहीं रही...मुझे तुम्हारी ज़रूरत, अपनी तमाम शिद्दतों के साथ अब है...उन लम्हात के बाद, जिन्होंने बक़ौल तुम्हारे, तुम्हारी हस्ती की ख़ाली जगहें पुर की हैं..."

उसने कहा : "तुम्हारे वुजूद[1] के जिस-जिस ज़र्रे की मेरी हस्ती को तामीरों-तकमील[2] के लिए ज़रूरत थी, यह लम्हात वह ज़र्रे चुन-चुनकर मुझे देते रहे...अब कि मेरी हस्ती की तकमील हो गयी है, तुम्हारा और मेरा रिश्ता खुद-ब-खुद ख़त्म हो गया है...।"

किस क़दर ज़ालिमाना लफ़्ज़ थे...तुमसे यह पथराव बरदाश्त न हो सका...मैं चीख़-चीख़कर रोने लगी, मगर उस पर कुछ असर न हुआ...मैंने उससे कहा : "वह ज़र्रे, जिनसे तुम्हारी हस्ती की तकमील हुई है, मेरे वुजूद का एक हिस्सा थे। क्या उन ज़र्रों का मुझसे कोई रिश्ता नहीं...क्या मेरे वुजूद का बक़ाया हिस्सा उन ज़र्रों से अपना नाता तोड़ सकता है...तुम मुकम्मल हो गये हो, लेकिन मुझे अधूरा करके...क्या मैंने इसीलिए तुम्हें अपना माबूद[3] बनाया था..."

उसने कहा : "फूलों और कलियों का रस चूस-चूसकर भँवरे शहद कशीद[4] करते हैं, मगर वह शहद तो क्या, उसकी तलछट तक भी उन फूलों और कलियों

के होंटों तक नहीं लाते...ख़ुदा अपनी परस्तिश[5] कराता है, मगर ख़ुद बन्दगी नहीं करता...अदम के साथ ख़ल्वत[6] में चन्द लम्हे तुम्हें बसर करके उसने वुजूद की तकमील की...लेकिन अब अदम कहाँ है...उसकी अब वुजूद की क्या ज़रूरत है...अदम एक ऐसी माँ थी, जो वुजूद को जन्म देते ही ज़चगी के बिस्तर पर फ़ना हो गयी थी..."

औरत रो सकती है, दलीलें पेश नहीं कर सकती...औरत की सबसे बड़ी दलील उसकी आँख से ढलका हुआ आँसू है...मैंने उससे कहा : "देखो, मैं रो रही हूँ...मेरी आँखें आँसू बरसा रही हैं...तुम जा रहे हो तो जाओ, मगर मेरे कुछ आँसुओं को तो अपने रूमाल के कफ़न में लपेटकर साथ लेते जाओ...मैं तो सारी उम्र रोती रहूँगी, मगर मुझे इतना तो याद रहेगा कि मेरे चन्द आँसुओं के कफ़न-दफ़न का सामान तुमने किया था, मुझे ख़ुश करने के लिए..."

उसने कहा : "मैं तुम्हें ख़ुश कर चुका हूँ...तुम्हें उस ठोस मसरत[7] में हमकिनार कर चुका हूँ, जिसके तुम ख़्वाब ही देखा करती थीं...क्या वह लुत्फ़, वह कैफ़ तुम्हारी ज़िन्दगी के बक़ाया लम्हात का सहारा नहीं बन सकता...तुम कहती हो कि मेरी तकमील ने तुम्हें अधूरा कर दिया है, लेकिन यह अधूरापन ही क्या तुम्हारी ज़िन्दगी को मुतहर्रिक रखने के लिए काफ़ी नहीं...मैं मर्द हूँ...आज तुमने मेरी तकमील की है, कल कोई और करेगा...मर्द का वुजूद कुछ ऐसे आबो-गिल[8] से बना होता है, और उसको ज़िन्दगी में ऐसे कई लम्हात आते हैं, जब वह ख़ुद को तश्ना-ए-तकमील[9] समझता है, और तुम-ऐसी कई औरतें आती हैं, जो उन लम्हात की पैदा की हुई ख़ाली जगहें पुर करती हैं..."

मैं रोती रही, झुँझलाती रही।

मैंने सोचा : "वह चन्द लम्हात अभी-अभी मेरी मुट्ठी में थे, नहीं-नहीं मैं उन लम्हात की मुट्ठी में थी...मैंने क्यों ख़ुद को उन लम्हात के हवाले किया, क्यों अपनी फड़फड़ाती रूह उनके मुँह खुले क़फ़स में डाल दी...हाँ, एक मज़ा था, एक लुत्फ़ था, एक कैफ़ था, था ज़रूर था...और यह उसके और मेरे तसादुम[10] में था, लेकिन यह क्या कि वह साबितो-सालिम रहा और मुझमें तरेड़े पड़ गये...यह क्या कि वह अब मेरी ज़रूरत महसूस नहीं करता, और मैं और भी शिद्दत से उसकी ज़रूरत महसूस करती हूँ...वह ताक़तवर बन गया है, मैं नहीफ़ हो गयी हूँ...यह क्या कि आसमान पर दो बादल हम-आगोश हों; एक रो-रोकर बह जाये, दूसरा बिजली बनकर कौंधे, लपके, बरसे, सिमटे और ग़ायब हो जाये...यह किसका क़ानून है...आसमानों का या ज़मीनों का...या इनके बनानेवाले का...?"

मैं सोचती रही, झुँझलाती रही : दो रूहों का सिमटकर एक हो जाना और एक हो कर वालिहाना वुसअत[11] इख़्तियार कर जाना...क्या यह सब शायरी है...नहीं, दो रूहें तो सिमटकर उस नन्हे-से नुक़्ते पर पहुँचती हैं, जो फैलकर कायनात बनता है ...लेकिन इस कायनात में क्यों एक रूह घायल छोड़ दी जाती है...क्या इस क़ुसूर पर कि उसने दूसरी रूह को उस नन्हें-से नुक़्ते तक पहुँचने में मदद दी थी...?

यह कैसी कायनात है...

यही दिन थे, आसमान उसकी आँखों की तरह ऐसा ही नीला था, जैसा कि आज है...और धूप भी ऐसी ही कुनकुनी थी...और मैंने इसी तरह लेटे-लेटे अपनी फड़फड़ाती हुई रूह उसके हवाले की थी...

वह अब मौजूद नहीं है...बिजली का कौंधा बनकर जाने वह किन बदलियों की गिर्या-ओ-जारी[12] से खेल रहा है...वह अपनी तकमील करके चला गया...वह एक साँप था, जो मुझे डसकर चला गया...क्यों उसकी छोड़ी हुई लकीर मेरे पेट में करवटें ले रही है...क्या यह मेरी तकमील हो रही है...

नहीं, नहीं, यह तकमील कैसे हो सकती है...यह तो तख़रीब[13] है...लेकिन यह मेरे जिस्म की ख़ाली जगहें क्यों पुर हो रही हैं...

यह मेरे जिस्म के गड्ढे किस मलबे से पुर किये जा रहे हैं...मेरी रगों में यह कैसी सरसराहटें दौड़ रही हैं...मेरे पेट में कौन-सा नन्हा-सा नुक़्ता फैलते हुए पेचो-तबा खा रहा है...मेरी नाव डूबकर अब किन समन्दरों में उभरने के लिए उठ रही है...यह मेरे अन्दर दहकते हुए चूल्हों पर किस मेहमान के लिए दूध गर्म किया जा रहा है...यह मेरा दिल मेरे ख़ून को धुनक-धुनककर किसके लिए नर्मो-नाज़ुक रज़ाइयाँ तैयार कर रहा है...यह मेरा दिमाग़ मेरे ख़यालात के रंग-बिरंगे धागों से किसके लिए नन्ही-मुन्नी पोशाकें बुन रहा है...मेरा रंग किसके लिए निखर रहा है...मेरे अंग-अंग और रोम-रोम में फँसी हुई हिचकियाँ लोरियों में क्यों तब्दील हो रही हैं...

यही दिन थे; आसमान उसकी आँखों की तरह ऐसा ही नीला था, जैसा कि आज है...लेकिन अब यह आसमान अपनी बुलन्दियों से उतरकर क्यों मेरे पेट में तन गया है...उसकी नीली-नीली आँखें क्यों मेरी रगों में दौड़ती-फिरती हैं...

मेरी छातियों की गोलाइयों में मस्जिदों के मेहराबों—ऐसी तक़दीस[14] क्यों आ रही है...

नहीं-नहीं, यह तक़दीस नहीं...मैं इन मेहराबों को ढहा दूँगी...मैं अपने अन्दर दहकते हुए तमाम चूल्हे सर्द कर दूँगी...जिन पर बिन बुलाये मेहमान की ख़ातिरदारियाँ चढ़ी हुई हैं...मैं अपने ख़यालात के तमाम रंग-बिरंगे धागे उलझा दूँगी...

यही दिन थे; आसमान उसकी आँखों की तरह ऐसा ही नीला था, जैसा कि आज है...मैं वे दिन क्यों याद करती हूँ; वे दिन, जिनके सीने पर से वह अपने नक़्शे-क़दम भी उठाकर ले गया है...लेकिन यह...यह नक़्शे-क़दम किसका है, यह जो मेरे पेट की गहराइयों में तड़प रहा है...क्या यह मेरा जाना-पहचाना नहीं...मैं इसे खुरच दूँगी, इसे मिटा दूँगी...यह नक़्शे-क़दम नहीं, रसौली है, फोड़ा है, बहुत ख़ौफ़नाक फोड़ा...लेकिन मुझे यह क्यों महसूस हो रहा है कि यह तो फाहा है... फाहा है तो किस ज़ख़्म का...उस ज़ख़्म का, जो वह मुझे लगाकर चला गया था ...नहीं-नहीं...ऐसा लगता है, यह किसी पैदाइशी ज़ख़्म का फाहा है, ऐसा ज़ख़्म, जो मैंने कभी देखा ही नहीं...जो मेरी कोख में जाने कब से सो रहा था...

यह कोख है क्या...फ़ुज़ूल-सी मिट्टी की हण्ड कुलिया...बच्चों का खिलौना... मैं इसे तोड़-फोड़ दूँगी...

कौन मेरे कान में कह रहा है : यह दुनिया एक चौराहा है...अपना भाण्डा क्यों चौराहे पर फोड़ती है...याद रख, तुझ पर उँगलियाँ उठेंगी...

उँगलियाँ...उँगलियाँ उधर क्यों न उठेंगी, जिधर वह अपनी हस्ती मुकम्मल करके चला गया है...क्या इन उँगलियों को वह रास्ता मालूम नहीं...यह दुनिया एक चौराहा है...लेकिन वह तो मुझे एक दोराहे पर छोड़ कर चला गया था...इस राह भी अधूरापन, उस राह भी अधूरापन...इधर भी आँसू, उधर भी आँसू...

यह किसका आँसू मेरे सीप में मोती बन रहा है...यह मोती पिरोया कहाँ जायेगा...

उँगलियाँ उठेंगी...जब सीप का मुँह खुलेगा, मोती फिसलकर चौराहे पर गिर पड़ेगा, फिर उँगलियाँ उठेंगी...सीप की तरफ़ भी और मोती की तरफ़ भी...उँगलियाँ सँपोलिया बनकर दोनों को डस लेंगी और अपने ज़हर से उनको नीला कर देंगी...

आसमान उसकी आँखों की तरह ऐसा ही नीला था, जैसा कि आज है... आसमान गिर क्यों नहीं पड़ता...वह कौन-से सुतून हैं, जो आसमान को थामे हुए हैं...उस दिन जो ज़लज़ला आया था, क्या वह इन सुतूनों की बुनियादें हिला देने के लिए काफ़ी नहीं था...यह क्यों अब तक उसी तरह तना हुआ है...

मेरी रूह पसीने में ग़र्क़ है...उसका हर मसाम[15] खुला हुआ है...चारों तरफ़ दहक रही है...मेरे अन्दर कुठाली में सोना पिघल रहा है...धौंकनियाँ चल रही हैं, शोले भड़क रहे हैं...आतिश फ़िशाँ[16] पहाड़ के लावे की तरह सोना पिघल रहा है...मेरी रगों में नीली आँखें दौड़ रही हैं, हाँप रही हैं...घण्टियाँ बज रही हैं...कोई आ रहा है...कोई आ रहा है...बन्द कर दो...किवाड़ बन्द कर दो...

कुठाली उलट गयी है...पिघला हुआ सोना बह रहा है...घण्टियाँ बज रही हैं...मेरी आँखें मुँद रही हैं...नीला आसमान गन्दला हो कर नीचे आ रहा है...

यह किसके रोने की आवाज़ है...इसे चुप कराओ...इसकी चीख़ें मेरे दिल पर हथौड़े मार रही हैं...चुप कराओ, इसे चुप कराओ...

मैं गोद बन रही हूँ...मैं क्यों गोद बन रही हूँ...

मेरी बाँहें खुल रही हैं...चूल्हों पर दूध उबल रहा है...मेरी छातियों की गोलाइयाँ प्यालियाँ बन रही है...

लाओ, इस गोश्त के लोथड़े को मेरे दिल के धुनके हुए ख़ून के नर्म-नर्म गालों में लिटा दो...

मत छीनो...मत छीनो इसे...मुझसे जुदा न करो, ख़ुदा के लिए मुझसे जुदा न करो...

उँगलियाँ...उँगलियाँ...उठने दो उँगलियाँ...मुझे कोई परवाह नहीं...यह दुनिया चौराहा है...फूट जाने दो मेरी ज़िन्दगी के तमाम भाण्डे...

मेरी ज़िन्दगी तबाह हो जायेगी...

हो जाने दो तबाह...मुझे मेरा गोश्त वापस दे दो...मेरी रूह का यह टुकड़ा मुझसे मत छीनो...यह बड़ा क़ीमती है...यह गौहर है, जो मुझे उन चन्द लम्हात ने अता किया है, उन चन्द लम्हात ने, जिन्होंने मेरे वुजूद के कई ज़र्रे चुनकर किसी की तकमील की थी, और जो मुझे अपने ख़याल में अधूरा छोड़ कर चला गया था...मेरी तकमील तो आज हुई है...

मान लो, मान लो...मेरे पेट के ख़ला से पूछो...मेरी दूध भरी छातियों से पूछो ...उन लोरियों से पूछो, जो मेरे अंग-अंग और रोम-रोम में तमाम हिचकियाँ सुला करजाग रही हैं...उन झूलनों से पूछो, जो मेरे बाज़ुओं में डल रहे हैं...मेरे चेहरे की ज़र्दियों से पूछो, जो गोश्त के इस लोथड़े के गालों को अपनी तमाम सुर्ख़ियाँ चुनाती रही हैं...उन साँसों से पूछो, जो चोरी-छुपे इसको इसका हिस्सा पहुँचाते रहे हैं।

उँगलियाँ...उठने दो उँगलियाँ...मैं उन्हें काट डालूँगी...शोर मचेगा तो मैं वह काटी हुई उँगलियाँ उठाकर अपने कानों में ठूँस लूँगी...मैं गूँगी हो जाऊँगी, बहरी हो जाऊँगी, अन्धी हो जाऊँगी...मेरा गोश्त मेरे इशारे समझ लिया करेगा...मैं इसे टटोल-टटोलकर पहचान लिया करूँगी...

मत छीनो...मत छीनो इसे...यह मेरी कोख की माँग का सिन्दूर है, मेरी ममता के माथे की बिंदिया है, मेरे गुनाह का कड़वा फल है...

लोग इस पर थू-थू करेंगे...

मैं चाट लूँगी, सब थूकें...

देखो, मैं हाथ जोड़ती हूँ, पाँव पड़ती हूँ...मेरे भरे हुए दूध के बर्तन औंधे न करो...मेरे दिल के धुनके हुए ख़ून के नर्म-नर्म गालों में आग न लगाओ...मेरी बाँहों के झूलनों की रस्सियाँ न तोड़ो...मेरे कानों को उन गीतों से महरूम न करो, जो इसके रोने में मुझे सुनाई देते हैं...

मत छीनो...मत छीनो...मुझसे जुदा न करो, ख़ुदा के लिए मुझे इससे जुदा न करो...

लाहौर : इक्कीस जनवरी।

धोबी मंडी से पुलिस ने एक नौज़ाईदा[17] बच्ची को सर्दी से ठिठुरते हुए सड़क के किनारे पड़ी हुई पाया और अपने क़ब्ज़े में ले लिया...किसी संगदिल ने बच्ची की गर्दन को मज़बूती से कपड़े में जकड़ रखा था और उरियाँ जिस्म को गीले कपड़े में बाँध रखा था कि वह सर्दी से मर जाये, मगर वह ज़िन्दा थी...बच्ची बहुत ख़ूबसूरत है, उसकी आँखें नीली हैं...बच्ची को हस्पताल पहुँचा दिया गया है।

1.अस्तित्व; 2. रचना और पूर्ति; 3. जिसकी उपासना की जाये; 4. खींचना; 5. पूजा; 6. एकान्त; 7. आनन्द; 8. पानी-मिट्टी; 9. पूर्ति का प्यासा; 10. संघर्ष; 11. प्रेमियों-जैसी शक्ति; 12. रोना-धोना; 13. तोड़-फोड़, विध्वंस; 14. पवित्रता; 15. रोमछिद्र; 16. ज्वालामुखी; 17. नवजात।

डॉक्टर शिरोडकर

बम्बई में डॉक्टर शिरोडकर का बहुत नाम था, इसलिए कि वह औरतों के अमराज़[1] का बेहतरीन मुआलिज[2] था। उसके हाथ में शिफ़ा थी। उसका शिफ़ाख़ाना बहुत बड़ा था, एक आलीशान इमारत की दो मंज़िलों में, जिनमें कई कमरे थे। निचली मंज़िल के कमरे मुतवस्सित[3] और निचले तबके की औरतों के लिए मख़्सूस[4] थे, बालाई मंज़िल के कमरे अमीर औरतों के लिए।

एक लेबोरेट्री थी और उसके साथ ही कम्पाउण्डर का कमरा। एक्स-रे का कमरा अलहदा था—उसकी माहाना आमदन ढाई-तीन हज़ार क़े क़रीब होगी।

मरीज़ औरतों के खाने का इन्तिज़ाम बहुत अच्छा था, जो उसने एक पारसनके सिपुर्द कर रखा था, जो उसके एक दोस्त की बीवी थी।

डॉक्टर शिरोडकर का यह छोटा-सा हस्पताल, मेटरनिटी होम भी था—बम्बई की आबादी के मुताल्लिक़ आप अन्दाज़ा लगा सकते हैं, कितनी होगी। वहाँ बेशुमार सरकारी हस्पताल और मेटरनिटी होम हैं, लेकिन इसके बावजूद डॉक्टर शिरोडकर का क्लीनिक भरा रहता। बाज़ औक़ात तो उसे कई केसों को मायूस करना पड़ता, इसलिए कि कोई बेड ख़ाली नहीं रहता था।

उस पर लोगों को एतिमाद[5] था। यही वजह है कि वह अपनी बीवियाँ और जवान लड़कियाँ उसके हस्पताल में छोड़ आते थे, जहाँ उनका बड़ी तवज्जोह से इलाज किया जाता था।

डॉक्टर शिरोडकर के हस्पताल में दस-बारह नर्सें थीं। यह सबकी-सब मेहनती और पुर-ख़ुलूस थीं। मरीज़ औरतों की बहुत अच्छी तरह देखभाल करतीं—इन नर्सों का इन्तिख़ाब[6] डॉक्टर शिरोडकर ने बड़ी छानबीन के बाद किया था—वह बुरी और भद्दी शक्ल की कोई नर्स अपने हस्पताल में रखना नहीं चाहता था।

एक मर्तबा जब चार नर्सों ने दफ़अतन शादी करने का फ़ैसला किया तो डॉक्टर बहुत परेशान हुआ—जब वह चारों चली गयीं तो उसने मुख़्तलिफ़ अख़बारों में इश्तिहार दिये कि उसे नर्सों की ज़रूरत है। कई आयीं। डॉक्टर शिरोडकर ने उनसे इण्टरव्यू किया, मगर उसे उनमें किसी की शक्ल पसन्द न आयी।

किसी का चेहरा टेढ़ा-मेढ़ा, किसी का क़द अँगुश्ताने भर का, किसी का रंग

ख़ौफ़नाक तौर पर काला, किसी की नाक गज़ भर लम्बी—लेकिन वह भी अपनी हठ का पक्का था। उसने और इश्तिहार अख़बारों में दिये और आख़िर उसने चार खुश-शक्ल और नफ़ासत पसन्द नर्सें चुन ही लीं।

अब वह मुत्मइन[7] था, चुनांचे उसने फिर दिल जमई से काम शुरू कर दिया। मरीज़ औरतें भी खुश हो गयीं, इसलिए कि चार नर्सों के चले जाने से उनकी ख़बरगीरी अच्छी तरह नहीं हो रही थी। यह नई नर्सें भी खुश थीं कि डॉक्टर शिरोडकर उनसे बड़ी शफ़क़त[8] से पेश आता था। उन्हें वक़्त पर तनख़्वाह मिलती थी। दोपहर का खाना हस्पताल ही उन्हें मुहैया[9] करता। वर्दी भी हस्पताल के ज़िम्मे थी।

डॉक्टर शिरोडकर की आमदनी चूँकि बहुत ज़्यादा थी, इसलिए वह इन छोटे-मोटे इख़राजात[10] से घबराता नहीं था। शुरू-शुरू में जब उसने सरकारी हस्पताल की मुलाज़िमत छोड़ कर खुद अपना हस्पताल क़ायम किया तो उसने थोड़ी-बहुत कंजूसी की, मगर बहुत जल्द उसने खुलकर ख़र्च करना शुरू कर दिया।

उसका इरादा था कि शादी कर ले, मगर उसे हस्पताल से एक लम्हे की फ़ुर्सुत नहीं मिलती थी—दिन-रात, उसको वहीं रहना पड़ता। बालाई मंज़िल में उसने एक छोटा-सा कमरा अपने लिए मख़्सूस[11] कर लिया था, जिसमें वह रात को चन्द घण्टे सो जाता। लेकिन अक्सर उसे जगा दिया जाता, जब किसी मरीज़ औरत को उसकी फ़ौरी तवज्जोह की ज़रूरत होती।

तमाम नर्सों को उससे हमदर्दी थी कि उसने अपनी नींद, अपना आराम हराम कर रखा है। वह अक्सर उससे कहतीं : "डॉक्टर साहब, आप कोई असिस्टेंट क्यों नहीं रख लेते?"

डॉक्टर शिरोडकर जवाब देताः "जब कोई क़ाबिल मिलेगा तो रख लूँगा।"

वह कहतीं : "आप तो अपनी क़ाबलियत का चाहते हैं। भला वह कहाँ से मिलेगा?"

"मिल जायेगा।"

नर्सें यह सुन कर ख़ामोश हो जातीं और अलग जा कर आपस में बातें करतीं : "डॉक्टर शिरोडकर अपनी सेहत ख़राब कर रहे हैं। किसी दिन कहीं कोलैप्स न हो जायें।"

"हाँ, उनकी सेहत काफ़ी गिर चुकी है...वज़न भी कम हो गया है।"

"खाते-पीते भी बहुत कम हैं।"

"हर वक़्त मस्रूफ़ जो रहते हैं।"

"अब उन्हें कौन समझाये।"

क़रीब-क़रीब हर रोज़ उनके दरमियान इसी क़िस्म की बातें होतीं—उनको डॉक्टर से इसलिए भी बहुत ज़्यादा हमदर्दी थी कि वह बहुत शरीफ़ुन्नफ़्स इंसान

था। उसके हस्पताल में सैकड़ों ख़ूबसूरत और जवान औरतें इलाज के लिए आती थीं, मगर उसने कभी उनको बुरी निगाहों से नहीं देखा था। वह बस अपने काम में मगन रहता।

असल में उसे अपने पेशे से एक क़िस्म का इश्क़ था—वह इस तरह इलाज करता था, जिस तरह कोई शफ़क़त और प्यार का हाथ किसी के सर पर फेरे।

जब वह सरकारी हस्पताल में मुलाज़िम था तो उसके ऑपरेशन करने के अमल के मुताल्लिक़ यह मशहूर था कि वह नश्तर नहीं चलाता, ब्रुश से तस्वीरें बनाता है।

और यह वाक़आ है कि उसके किये हुए ऑपरेशन नब्बे फ़ी-सद कामयाब रहते थे। उसको इस फ़न में महारते-नामा हासिल थी। इसके इलावा ख़ुद-एतिमादी भी थी, जो उसकी कामयाबी का सबसे बड़ा राज़ थी।

एक दिन वह एक औरत का, जिसके यहाँ औलाद नहीं होती थी, बड़े ग़ौर से मुआइना करके बाहर निकला और अपने दफ़्तर में गया तो उसने देखा कि एक बड़ी हसीन लड़की बैठी है—डॉक्टर शिरोडकर एक लहजे के लिए ठिठक गया। उसने निसवानी हुस्न का ऐसा नादिर[12] नमूना पहले कभी नहीं देखा था।

वह अन्दर दाख़िल हुआ—लड़की ने कुर्सी पर से उठना चाहा—डॉक्टर ने उससे कहा : “बैठो-बैठो।” और यह कहकर वह अपनी घूमनेवाली कुर्सी पर बैठ गया। फिर पेपरवेट पकड़कर उसके अन्दर हवा के बुलबुलों को देखते हुए उस लड़की से मुख़ातिब हुआ : “बताओ, तुम कैसे आयीं?”

लड़की ने आँखें झुकाकर कहा : “एक प्राइवेट...बहुत ही प्राइवेट बात है, जो मैं आपसे करना चाहती हूँ।”

डॉक्टर शिरोडकर ने उसकी तरफ़ देखा—उसकी झुकी हुई आँखें भी बला की ख़ूबसूरत दिखायी दे रही थीं—डॉक्टर ने उससे पूछा : “प्राइवेट बात तुम कर लेना...पहले अपना नाम बताओ।”

लड़की ने जवाब दिया : “मैं...मैं अपना नाम बताना नहीं चाहती।”

डॉक्टर की दिलचस्पी इस जवाब से बढ़ गयीः “कहाँ रहती हो?”

“शोलापुर में...आज ही यहाँ पहुँची हूँ।”

डॉक्टर ने पेपरवेट मेज़ पर रख दिया : “इतनी दूर से यहाँ आने का मक़सद क्या है?”[8]

लड़की ने जवाब दिया : “मैंने कहा है ना कि मुझे आपसे एक प्राइवेट बात करनी है।”

इतने में एक नर्स अन्दर दाख़िल हुई—लड़की घबरा गयी—डॉक्टर ने उस नर्स को चन्द हिदायत दीं, जो वह पूछने आयी थी। फिर उसने नर्स से कहा : “अब तुम जा सकती हो...हाँ किसी नौकर से कह दो कि वह कमरे के बाहर खड़ा रहे

और किसी को अन्दर न आने दे।"

नर्स "जी अच्छा" कहकर चली गयी—डॉक्टर ने दरवाज़ा बन्द कर दिया और अपनी कुर्सी पर बैठकर उस हसीन लड़की से मुख़ातिब हुआ : "अब तुम अपनी प्राइवेट बात मुझे बता सकती हो।"

शोलापुर की लड़की शदीद घबराहट और उलझन महसूस कर रही थी। उसके होंटों पर लफ़्ज़ आते, मगर फिर वापस उसके हल्क़ के अन्दर चले जाते—आख़िर उसने हिम्मत और जुर्रत से काम लिया और रुक-रुक के सिर्फ़ इतना कहा : "मुझसे...मुझसे एक ग़लती हो गयी है...मैं बहुत घबरा रही हूँ।"

डॉक्टर शिरोडकर समझ गया, लेकिन फिर भी उसने उस लड़की से कहा : "ग़लतियाँ इंसान से हो ही जाती हैं...तुमसे क्या ग़लती हुई है?"

लड़की ने थोड़े वक़्फ़े के बाद जवाब दिया : "वही...वही जो बेसमझ जवान लड़कियों से हुआ करती है।"

डॉक्टर ने कहा : "मैं समझ गया...लेकिन अब तुम क्या चाहती हो?"

लड़की फ़ौरन अपने मक़सद की तरफ़ आ गयी : "मैं चाहती हूँ कि वह जाये हो जाये...सिर्फ़ एक महीना हुआ है।"

डॉक्टर शिरोडकर ने कुछ देर सोचा, फिर बड़ी संजीदगी से कहा : "यह जुर्म है...तुम जानती नहीं हो।"

लड़की की भूरी आँखों में यह मोटे-मोटे आँसू उमड़ आये : " तो मैं ज़हर खा लूँगी।" यह कहकर उसने ज़ारों-क़तार रोना शुरू कर दिया।

डॉक्टर को उस पर बड़ा तरस आया—वह अपनी जवानी की पहली लग़ज़िश तय कर चुकी थी। पता नहीं, वह क्या लम्हात थे कि उसने अपनी इस्मत किसी मर्द के हवाले कर दी और अब पछता रही है और इतना परेशान हो रही है।

उसके पास इससे पहले ऐसे कई केस आ चुके थे, मगर उसने यह कहकर साफ़ इनकार कर दिया था कि वह जीव हत्या नहीं कर सकता; यह बहुत बड़ा गुनाह और जुर्म है।

मगर शोलापुर की उस लड़की ने उस पर कुछ ऐसा जादू किया कि वह उसकी ख़ातिर यह जुर्म करने पर तैयार हो गया—उसने उसके लिए एक अलहदा कमरा मुख़्तस[13] कर दिया। किसी नर्स को उसके अन्दर जाने की इजाज़त न थी, इसलिए कि वह उस लड़की के राज़ को इफ़शा करना नहीं चाहता था।

इस्क़ात[14] बहुत ही तकलीफ़देह होता है—जब उसने दवाइयाँ वग़ैरह देकर वह काम कर दिया तो शोलापुर की वह मरहटी लड़की, जिसने आख़िर अपना नाम बता दिया था, बेहोश हो गयी—जब वह होश में आयी तो नक़ाहत[15] का यह आलम था कि वह अपने हाथ से पानी भी नहीं पी सकती थी।

वह चाहती थी कि जल्द घर वापस चली जाये, मगर डॉक्टर उसे कैसे इजाज़त

दे सकता था, जबकि वह चलने-फिरने के क़ाबिल ही नहीं थी—उसने मिस ललिता खटमेकर से कहा : "तुम्हें कम-अज़-कम दो महीने आराम करना पड़ेगा...मैं तुम्हारे बाप को लिख दूँगा कि तुम जिस सहेली के पास आयी थीं, वहाँ अचानक तौर पर बीमार हो गयी थीं और अब मेरे हस्पताल में ज़ेरे-इलाज हो...तरद्दुद की कोई बात नहीं।"

ललिता मान गयी।

वह दो महीने डॉक्टर शिरोडकर के ज़ेरे-इलाज रही—जब रुख़सत का वक़्त आया तो उसने महसूस किया कि वह गड़बड़ फिर पैदा हो गयी है। उसने डॉक्टर शिरोडकर को इससे आगाह किया।

डॉक्टर मुस्कराया : "फ़िक्र की कोई बात नहीं...मैं तुमसे आज ही शादी कर लूँगा।"

1.रोग; 2. चिकित्सक; 3. मध्य; 4. ख़ास, यहाँ निश्चित; 5. विश्वास; 6. चयन; 7. सन्तुष्ट; 8. सहृदयता; 9. देता; 10. ख़र्च; 11. ख़ास, यहाँ निश्चित; 12. श्रेष्ठ; 13. ख़ास, यहाँ निश्चित; 14. गर्भपात; 15. कमज़ोरी।

महताब ख़ाँ

शाम को मैं घर में बैठा अपनी बच्चियों से खेल रहा था कि मेरे दोस्त ताहिर साहब बड़ी अफ़रा-तफ़री में आये।

कमरे मे दाख़िल होते ही आपने मैंटल पीस पर से मेरा फ़ाउण्टेन पैन उठाकर मेरे हाथ में थमाया और कहा : "हस्पताल के किसी डॉक्टर के नाम चिट लिख दीजिए।"

मुझे कुछ पूछने की फ़ुर्सत भी न दी गयी—मैंने एक डॉक्टर के नाम रुक़्क़ा लिखना शुरू कर दिया।

मज़मून ताहिर साहब ने लिखवाया, जिसका मतलब यह था कि हामिले-रुक़्क़ा[1] ख़तरनाक तौर पर अलील[2] है, इसलिए उसे फ़ौरन हस्पताल में दाख़िल कर लिया जाये।

मुझसे जो लिखवाया गया, मैंने लिख दिया।

थोड़ी देर के बाद ताहिर साहब फिर तशरीफ़ लाये।

मुझे तश्वीश[3] थी कि जिस मरीज़ की मैंने सिफ़ारिश की थी, वह हस्पताल में दाख़िल हो सका है या नहीं, लेकिन वह बड़े मुतमइन थे—मेरे दरयाफ़्त करने पर उन्होंने कहा : "जहन्नम में जायें...मैंने आपकी चिट उसके लवाहिक़ीन[4] को दे दी है।"

यह सुन कर मैं ख़ामोश हो गया, लेकिन थोड़ी देर के बाद मैंने उनसे पूछा : "यह महताब ख़ाँ कौन हैं जिनको हस्पताल में दाख़िल कराने के लिए आप इतने बेताब थे?"

ताहिर साहब मुसकराये : "अव्वल दर्जे का हरामी है।"

अगर महताब ख़ाँ तीसरे दर्ज़े का हरामी भी होता तो क्या फ़र्क़ पड़ता, लेकिन मुझे उससे फ़ौरन दिलचस्पी पैदा हो गयी, चुनांचे मैंने ताहिर साहब से पूछा : "उसे आरिज़ा[5] क्या है?"

उन्होंने जवाब दिया : "इश्क़ !"

इसके बाद उन्होंने ख़िलाफ़े-मामूल बातूनी हो कर महताब ख़ाँ के इश्क़ की दास्तान बयान करना शुरू कर दी।

आपने बताया कि महताब ख़ाँ की उम्र अट्ठारह-उन्नीस बरस के क़रीब है। जैसा कि उसका नाम ज़ाहिर करता है, वह पठान है, काफ़ी हट्टा-कट्टा। मगर उसकी दोनों आँखों में लासा लगा हुआ है—चौबुर्जी के क़रीब उसके बड़े भाई की चाय की दुकान है, जहाँ उससे काम लेने की कोशिश की जाती है।

ताहिर साहब ने उस नौजवान के मुताल्लिक़ मज़ीद तफ़सीलात बयान करते हुए कहा : "मंटो साहब, यह शख़्स अजीबो-ग़रीब है...मिज़ाज इस क़दर आशिकना है कि मैं बयान नहीं कर सकता...हर वक़्त अपने भाई के होटल के चूल्हे में पंखे से कोयले सुलगाता रहता है, मगर बाज़ार में हर आने-जानेवाली लड़की को ऐसी नज़रों से देखता है, जैसे वह उस पर अगर उसी वक़्त नहीं तो थोड़े अर्से में ज़रूर आशिक हो जायेगी और बहुत मुमकिन है, वह उसके इश्क़ में घर जा कर खुदकुशी भी कर ले..."

इस तमहीद[6] के बाद ताहिर साहब ने मुझे बताया कि महताब ख़ाँ होटल से बाहर लोगों के लिए चाय ले जाया करता था—एक दिन उसे स्कूल की एक उस्तानी ने, जो फ़िज़ीकल इंस्ट्रेक्ट्रैस थी और होटल के पास ही रहती थी, चाय की ट्रे लाने के लिए कहा—उसके यहाँ पहुँचते ही वह उस लड़की पर आशिक हो गया।

लेकिन महताब ख़ाँ का बयान जुदा है—उसने ताहिर साहब और उनके दोस्तों से ठेठ पठानी लहजे में कहा था : "ख़ू वह जन जो स्कूल में पढ़ाती है, मुझे देखते ही गरम हो गयी...ख़ू अम ख़ूबरू है, जवान है...देखो अब क्या होता है...जान के लाले पड़ जायेंगे।"

महताब ख़ाँ की जान के लाले पड़े—वह यूँ कि उसने अपने भाई के होटल के गल्ले से पचास रुपये उड़ा लिए और किसी और होटल में बड़े ठाट से बैठकर अपने दोस्तों को यह बात सुनाई : "मिस मुराद (यह उस लड़की का नाम है) बहुत बड़ी पीले रंग की मोटर में अनारकली से गुज़र रही थी और वह एक दूकान पर खड़ा नुस्वार ले रहा था कि मिस मुराद ने ऐन उसके क़रीब अपनी मोटर रुकवाई, फिर बाहर निकलकर सरे-बाज़ार उससे हाथ मिलाया और अपने पर्स से पचास रुपये के नोट निकालकर उसको दिये और यह जा, वह जा।" महताब ख़ाँ का बयान था कि जब मिस मुराद ने उससे हाथ मिलाया था, उस वक़्त वह मुहब्बत के शदीद जज़्बे से थर-थर काँप रही थी।

उसी रात जब महताब ख़ाँ चोरी के पचास रुपये कुछ तो होटलों में और बाक़ी के हीरा मण्डी में ख़र्च कर चुका था, उसके बड़े भाई ने जाने किस जगह उसकी गर्दन नापी और ऐसे ज़ोर से नापी कि वह दो दिन तक बिलबिलाता रहा, लेकिन उसने किसी पर यह ज़ाहिर न किया (हालाँकि हक़ीक़त का इल्म हर आने-जानेवाले को था) कि उसने रुपये चुराये थे—वह बराबर यही कहता रहा कि उसकी जवानी

और उसके हुस्न से मुतास्सिर हो कर मिस मुराद उसे रुपये देती रहती है।

दूसरी मर्तबा उसने साथ वाले दुकानदार के सौ रुपये चुराये और अनारकली के एक होटल में बैठकर अपने दोस्तों से कहा कि मिस मुराद ने उसे यह रक़म ऐश करने के लिए दी है। महताब ख़ाँ के दोस्त बहुत मरऊब[7] हुए, लेकिन वह दूसरे ही रोज़ पकड़ा गया और चन्द रोज़ हवालात में रहा—मुक़दमा चला; चूँकि सुबूत कोई न था, इसलिए बरी हो गया।

इस हादसे के बाद उसका मिस मुराद से इश्क़ और ज़्यादा बढ़ गया, बल्कि यूँ कहिए कि अब वह अपनी रिवायती आशिकाना बेएतिनाई[8] तर्क करके मिस मुराद को हर वक़्त याद करने लगा—चूल्हा सुलगाते वक़्त, या सुबह को झाड़ू देते वक़्त वह मिस मुराद का नाम लेता : 'ख़ू मिस मुराद, तू ही अमारी मुराद पूरी करेगी।'

अब उसने रुपये-पैसे का सर्क़ा[9] बन्द कर दिया, लेकिन मक्खन की चोरी शुरू कर दी। हर रोज़ वह अपने भाई के होटल से कम अज़ कम मक्खन की दो टिकियाँ उड़ा लेता। आसपास के जो और होटल थे, उनसे भी वह सिर्फ़ मक्खन चुराता और खाता—हर रोज़ इस क़दर मक्खन खाने का यह असर हुआ कि महताब ख़ाँ अच्छा-ख़ासा डेरी फ़ार्म बन गया।

उसके बदन से, उसके मुँह से, उसके लिबास से मक्खन की बू आने लगी—वह अपनी सेहत बना रहा था—उसका कहना था कि हर औरत सेहत और जवानी पर मरती है—लेकिन ताहिर साहब का कहना है कि हर मक्खनचोर कृष्ण कन्हैया नहीं हो सकता—महताब ख़ाँ की आँखें वैसी की वैसी चुँधी थीं।

अब कुछ मिस मुराद के मुताल्लिक़ सुन लीजिए।

ताहिर साहिब ने जब मिस मुराद के हुदूदे-अर्बता[10] के मुताल्लिक़ इधर-उधर पूछगुछ की तो उन्हें मालूम हुआ कि मिस मुराद की माँ भंगन है और अभी तक कोठे कमाती है; दूसरे अल्फाज़ में लोगों का बौलो-बूराज़ उठाती है। चूँकि वह और उसका ख़ाविन्द ईसाई हो गये थे, इसलिए उनकी लड़की मिस मुराद ने थोड़ी-सी तालीम हासिल की और एक स्कूल में फ़िज़ीकल इंस्ट्रेक्ट्रैस[11] हो गयी—मिस मुराद ख़ुशशक्ल थी, इसलिए उसके कई चाहनेवाले पैदा हो गये जो उसकी तमाम आसाइशों[12] का ख़याल रखते थे।

महताब ख़ाँ उसके इश्क़ में बुरी तरह गिरफ़्तार था—वह होटल में कोयले जलाता और आहें भरता—इसके बावजूद जब वह अपने यार-दोस्तों से बातें करता तो बड़े फ़ख़्र से इस बात का ऐलान करता कि मिस मुराद उस पर बहुत बुरी तरह मरती है।

जैसा कि आप जानते हैं, हक़ीक़त इसके बरअक्स थी—मिस मुराद, जो बेशुमार आशिकों के दरमियान घिरी रहती थी, को महताब ख़ाँ की मौजूदगी का इल्म ही क्या हो सकता था। इसके अलावा उस बेचारे की हक़ीक़त ही क्या थी।

एक दिन महताब ख़ाँ चाय की ट्रे ले कर मिस मुराद के यहाँ गया—जिस जगह वह रहती थी, वहाँ छोटा-सा एक बाग़ था। उस बाग़ में लौकाट के बूटे थे—महताब ख़ाँ को यह फल बेहद पसन्द था, मालूम नहीं, क्यों—जब वह ट्रे ले कर अन्दर गया तो वहाँ मिस मुराद के दोस्त अहबाब बैठे लौकाटें खा रहे थे—मिस मुराद ने महताब ख़ाँ को लौकाटों के चार-पाँच दाने शायद इसलिए दिये कि मौसम का पहला मेवा था—वह बहुत खुश हुआ।

जब वह वापस होटल आया तो उसका बड़ा भाई भी लौकाटें खा रहा था, जो मिस मुराद की दी हुई लौकाटों के मुक़ाबले में ज़्यादा बड़ी और रसीली थीं, लेकिन वह यह मानने से मुनकिर[13] था—उसकी बड़े भाई से क़रीब-क़रीब चख़ हो गयी।

उसके बड़े भाई ने ताव में आकर कहा : "अगर तुम्हें अपनी मिस मुराद की लौकाटें पसन्द हैं, और जैसा कि तुम कहते हो, वह तुम पर मरती है तो जाओ और एक बूटा वहाँ से ले आओ और होटल के सामने लगा दो।"

रात भर महताब ख़ाँ ग़ायब रहा।

उसके दोस्तों का ख़याल था कि उसे मिस मुराद ने बुला लिया होगा, या फिर उसके लिए पचास रुपये भेज दिये होंगे और वह कहीं ऐयाशी कर रहा होगा—मगर सुबह सड़क पर आने-जानेवाले यह देख कर हैरान हो गये कि उसके भाई के होटल के साथ, जहाँ एक गड्ढा हुआ करता था, वहाँ लौकाट का एक दरख़्त लगा हुआ है।

वह दरख़्त महताब ख़ाँ ने रात-रात में वहाँ से, जहाँ मिस मुराद रहती थी, उखाड़ा था—मालूम नहीं, कितनी मशक़्क़त करनी पड़ी होगी उसे—मगर अपने दोस्तों से उसने यही कहा कि मिस मुराद ने उसे वह बूटा खूद अपने हाथों से इनायत किया है, इसलिए कि मिस मुराद उस पर सौ जान से फ़रेफ़्ता[14] है।

वह बूटा चन्द दिनों के अन्दर-अन्दर मुरझा गया, लेकिन उसका चर्चा काफ़ी देर नक रहा।

ताहिर साहब का यह कहना है कि वह महताब ख़ाँ के इस मदारीपने से ख़ासे मुतास्सिर हुए थे—लेकिन जब उन्होंने अपनी रिवायती ज़ुल्म पसन्दी से काम लेते हुए महताब ख़ाँ से कहा था : "तुम बकवास करते हो...ज़रा आयीने में अपनी शक्ल देखो... मिस मुराद तो क्या, तुम्हें एक टखयाई भी कभी मुँह नहीं लगा सकती...' तो महताब ख़ाँ ने अपना मक्खन खाया हुआ सीना तानकर जवाब दिया थाः 'ख़ू तुम कैसा बात करता है... ख़ू तुमने वह फ़िल्म नहीं देखा...'परखाईं', नहीं 'परछाईं'...ख़ू उसमें एक ख़ूबरू लड़की एक अन्धे से मुहब्बत करती है...अम अंधा नहीं है...आँखें थोड़ी-सी ख़राब हैं, पर इससे क्या हुआ...मिस मुराद अम से मुहब्बत करता है..."

जैसा कि ताहिर साहब का कहना है, यार लोगों की मेहरबानी या नामेहरबानी

से मिस मुराद तक आख़िर यह बात पहुँच गयी कि महताब ख़ाँ, जिसकी आँख में फोले हैं, उससे बेपनाह इश्क़ कर रहा है—इसका रद्दे-अमल ख़िलाफ़े-तवक़्क़ो[15] यह हुआ कि वह अपना मकान छोड़ कर कहीं और चली गयी, इसलिए कि वह नहीं चाहती थी, उसके दूसरे चाहने वाले, जो महताब ख़ाँ के मुक़ाबले में आँखों के नहीं, अक़्ल के अन्धे थे, उसके यहाँ आना-जाना छोड़ दें।

जब महताब ख़ाँ को मालूम हुआ कि मिस मुराद चली गयी है तो उसको इस क़दर सद्मा हुआ कि उस रोज़ उसने होटल में जितनी मक्खन की टिकियाँ मौजूद थीं, सबकी-सब खा लीं।

इसके बाद उसका ग़म जब और बढ़ा तो मक्खन खाने मिक़दार बढ़ गयी—नतीजा इसका यह हुआ कि उसकी तोंद बढ़ गयी—वह बड़ा काहिल हो गया—चूल्हे में कोयले सुलगाते-सुलगाते वह ऊँघने लगता। बाज़ औक़ात ऐसी बातें करना शुरू कर देता कि लोगों को यह एहसास होता, वह माऊफ़ुद्दिमाग़[16] हो गया है।

ताहिर साहब का यह कहना है कि उसे हुआ-हुवाया कुछ भी नहीं था। कश्मीरियों की ज़बान में वह महज़ 'डाम' लगाता था।

जब कुछ दिन गुज़रे तो उसने शेर कहने शुरू कर दिये—वह शेर उसकी अपनी तख़लीक़[17] नहीं होते थे। बस वह इधर-उधर से फ़िल्मी गानों के बोल तोड़-मरोड़कर गुनगुना देता कि सुननेवालों पर यह वाज़ेह हो जाये कि वह जज़्ब[18] की हालत तक पहुँच चुका है, या बहुत जल्द पहुँचने वाला है।

उसका एक शेर, जो ताहिर साहब को याद था, उन्होंने मुझे सुनाया :

दो दिलों को यह दुनिया जीने ही नहीं देती।
मेरी फटी शलवार को सीने ही नहीं देती।

उसकी शलवार, जो काफ़ी घेरेदार थी, यूँ तो हमेशा फटी रहती थी, पर जब से उसकी मिस मुराद आँखों से ओझल हुई थी, बिलकुल लीर-लीर हो गयी थी—लेकिन उसकी मक्खनख़ोरी दिन ब दिन बढ़ती गयी थी और उसका चेहरा और ज़्यादा सुर्ख़ हो गया था।

एक दिन ताहिर साहब ने महताब ख़ाँ से कहा : "तुम्हारी रगों में इतना ख़ून जमा हो गया है, क्यों नहीं चन्द औंस ब्लड बैंक में दे आते।"

वह फ़ौरन मान गया।

डॉक्टरों ने उसका ख़ून लिया जो बड़ा सेहतमन्द था—इसके बाद वह एक मर्तबा और हस्पताल गया—उसका ख़ून लेने के लिए सब डॉक्टर हर वक़्त तैयार थे।

एक मर्तबा उसे ख़ासतौर पर बुलाया गया कि उसके ताज़ा-ताज़ा ख़ून की ज़रूरत थी।

जब वह हस्पताल पहुँचा तो उसे मालूम हुआ कि एक मरीज़ के लिए उसके

ख़ून की ज़रूरत है–उसे कोई उज़्र नहीं था।

जब उसे फ़ीमेल वार्ड में ले जाया गया और उसका ख़ून मरीज़ के अन्दर दाख़िल करने का एहतिमाम[19] किया गया तो उसने बराबर के बिस्तर पर देखा कि मिस मुराद नीम बेहोशी की हालत में पड़ी हुई है।

महताब ख़ाँ को महसूस हुआ कि शायद उसे चाय मँगवाने के लिए बुलाया गया है।

उसका हाथ पकड़कर उसे बिस्तर पर लिटाया गया और उसके ख़ून के कई औंस मिस मुराद के जिस्म में दाख़िल किये गये।

चन्द लम्हों के बाद वह किसी क़िस्म की नक़ाहत[20] महसूस किये बग़ैर उठा और कहने लगा : "ख़ू यह अमारा बहन है...अम चला।"

---

1. पत्र ले कर आनेवाला; 2. बीमार; 3. चिन्ता; 4. सम्बन्धी; 5. बीमारी; 6. भूमिका; 7. प्रभावित; 8. लापरवाही; 9. चोरी; 10. सम्पूर्ण परिचय; 11. पी.टी. की शिक्षिका; 12. सुख-सुविधाओं; 13. इनकार करने वाला; 14. आशिक, प्रेमी; 15. आशा के विपरीत; 16. विकृत मस्तिष्क; 17. रचना; 18. आत्मलीन (समाधि-अवस्था); 19. व्यवस्था; 20. कमज़ोरी।

हाफ़िज़ हसन दीन

हाफ़िज़ हसन दीन, जो दोनों आँखों से अन्धा था, ज़फ़रशाह के घर उठ आया।

ज़फ़रशाह का पटियाले का एक दोस्त रमज़ान अली था जिसने उससे हाफ़िज़ हसन दीन का तआरुफ़ कराया था।

वह हाफ़िज़ साहब से मिलकर बहुत ख़ुश हुआ। गो उनकी आँखें देखती नहीं थीं, मगर ज़फ़रशाह ने यूँ महसूस किया कि उसको एक नयी बसारत[1] मिल गयी है।

ज़फ़रशाह ज़ईफ़ुलएतिक़ाद[2] था। उसको पीरों-फ़क़ीरों से बड़ी अक़ीदत[3] थी।

जब हाफ़िज़ हसन दीन उसके हाँ उठ आया तो उसने उसको अपने फ़्लैट के नीचे मोटर गैराज में, जिसको वह व्हाइट हाऊस कहा करता था, ठहरा लिया।

ज़फ़रशाह सैयद था, मगर उसको ऐसा महसूस होता था कि वह मुकम्मल[4] सैयद नहीं है, चुनांचे उसने हाफ़िज़ हसन दीन की ख़िदमत में गुज़ारिश की कि वह उसकी तकमील[5] कर दें।

हाफ़िज़ साहब ने थोड़ी देर अपनी बेनूर आँखें घुमाकर उसको जवाब दिया : "बेटा, तू पूरा सैयद बनना चाहता है तो ग़ौसे आज़म जीलानी से इजाज़त लेना पड़ेगी।"

"तो आप अज़ राहे-करम[6] इजाज़त ले लीजिए।"

हाफ़िज़ साहब ने फिर अपनी बेनूर आँखें घुमाईं : "उनके हुज़ूर तो फ़रिश्तों पर जलते हैं।"

ज़फ़रशाह को बड़ी नाउम्मीदी हुई : "आप साहबे-कश्फ़[7] हैं...कोई मुदावा[8] तो होगा।"

हाफ़िज़ साहब ने अपने सिर को ख़फीफ़-सी जुम्बिश दी : "हाँ...चिल्ला काटना पड़ेगा मुझे।"

"अगर आपको ज़हमत न हो तो अपने इस ख़ादिम के लिए चिल्ला काट लीजिए।"

"सोचूँगा।"

हाफ़िज़ हसन दीन एक महीने तक सोचता रहा।

इस दौरान में ज़फ़रशाह ने उसकी खातिर-मुरादात में कोई क़सर उठा न रखी—हाफ़िज़ साहब के लिए वह सुबह उठते ही डेढ़ पाव बादाम तोड़ता; उनके मग्ज़ निकाल के सदाई तैयार करता; दोपहर को एक सेर गोश्त भुनवा के उनकी खिदमत में पेश करता; शाम को उन्हें मलाई मिली हुई चाय पिलाता; रात को एक मुर्ग़ मुसल्लम हाज़िर करता।

ख़ातिर-तवाज़ो का यह सिलसिला चलता रहा।

आख़िर हाफ़िज़ हसन दीन ने ज़फ़रशाह से कहा : "अब मुझे आवाज़ें आनी शुरू हो गयी हैं।"

ज़फ़रशाह से पूछा : "कैसी आवाज़ें क़िब्ला?"

"तुम्हारे मुताल्लिक़।"

"क्या कहती हैं?"

"तुम ऐसी बातों के मुताल्लिक़ मत पूछा करो।"

"माफ़ी चाहता हूँ।"

हाफ़िज़ साहब ने टटोल-टटोलकर मुर्ग़ की एक टाँग उठाई और उसे दाँतों से काटते हुए कहा : "तुम असल में मुनकिर[9] हो...आज़माना चाहते हो तो किसी कुएँ पर चलो।"

ज़फ़रशाह थरथरा गया : "हुजूर, मैं आपको आज़माना नहीं चाहता...आपका हर लफ़्ज़ सदाक़त[9] से लबरेज़ है।"

हाफ़िज़ सहब ने सिर को ज़ोर से जुम्बिश दी : "नहीं...हम चाहते हैं कि तुम हमें आजमाओ...खाना खा लें तो हमें किसी कुएँ पर ले चलो।"

"वहाँ क्या होगा क़िब्ला?"

"मेरा मामूल[10] आवाज़ देगा और वह कुआँ पानी से लबालब भर जायेगा और तुम्हारे पाँव गीले हो जायेंगे...डरोगे तो नहीं?"

ज़फ़रशाह डर गया था—हाफ़िज़ हसन दीन जिस लहजे में बातें कर रहा था, बड़ा पुर हैबत था।

ज़फ़रशाह ने अपने ख़ौफ़ पर क़ाबू पाकर हाफ़िज़ साहब से कहा : "जी नहीं ...आपकी ज़ाते-अक़दस[11] मेरे साथ होगी तो डर का सवाल ही पैदा नहीं होता।"

जब सारा मुर्ग़ ख़त्म हो गया तो हाफ़िज़ साहब ने ज़फ़रशाह से कहा : "मेरे हाथ धुलवाओ और मुझे किसी कुएँ पर ले चलो।"

ज़फ़रशाह ने उसके हाथ धुलवाए, तौलिए से पोंछे और उसे एक कुएँ पर ले गया जो शहर से काफ़ी दूर था।

हाफ़िज़ हसन दीन चादर लपेटकर कुएँ की मुँडेर के पास बैठ गया—ज़फ़रशाह भी साथ ही बैठने लगा था कि हाफ़िज़ साहब ने चिल्ला करकहा : "पाँच-छह क़दम पीछे हट जाओ...मैं पढ़नेवाला हूँ...कुएँ का पानी लबालब भर जायेगा और

तुम डर जाओगे।"

ज़फ़रशाह डर के दस क़दम पीछे हट गया।

हाफ़िज़ साहब ने पढ़ना शुरू कर दिया।

हाफ़िज़ साहब ने कुएँ पर आने से पहले ज़फ़रशाह से कहा था कि दो सेर चावल, डेढ़ सेर शक्कर और पाँव भर काली मिर्चों की ज़रूरत होगी जो उनका मामूल खायेगा—वह तमाम चीज़ें हाफ़िज़ साहब की चादर में बँधी हुई थीं।

देर तक हाफ़िज़ हसन दीन, मालूम नहीं, किस ज़बान में क्या पढ़ता रहा, मगर उसके मामूल की कोई आवाज़ न आयी और न ही कुएँ का पानी ऊपर चढ़ा। उसने चावल, शक्कर और मिर्चें कुएँ में फेंक दीं, फिर भी कुछ न हुआ।

चन्द लम्हात मुकम्मल सुकूत[12] तारी रहा—फिर हाफ़िज़ हसन दीन पर जज़्ब की-सी कैफ़ियत तारी हो गयीं और वह बुलन्द आवाज़ में बोला : "ज़फ़रशाह से अभी पाँच सौ रुपये लो!"

ज़फ़रशाह ने पाँच सौ रुपये हाफ़िज़ साहब की ख़िदमत में पेश कर दिये।

हाफ़िज़ साहब ने रुपये अपनी जेब में डालकर बड़े जलाल में कहा : "ज़फ़रशाह, तू यह रुपये देकर समझता है कि तूने मुझ पर कोई एहसान किया है..."

ज़फ़रशाह ने सर ता पा इज्ज़[13] बनकर कहा : "नहीं हुज़ूर, मैंने तो आपके इरशाद[14] की तामील की है।"

हाफ़िज़ हसन दीन का लहज़ा ज़रा नर्म हो गया : "देखो, सर्दियों का मौसम है...हमें एक धुस्से की ज़रूरत है।"

"चलिये, अभी ख़रीद लेते हैं।"

"दो घोड़े की बोसकी की क़मीस और एक पंप शू।"

ज़फ़रशाह ने गुलामों की तरह कहा : "हूज़ूर, आपके हुक्म की तामील हो जायेगी!"

हाफ़िज़ साहब के हुक्म की तामील हो गयी—धुस्सा, बोसकी की क़मीस और पंप शू ख़रीदकर उनके हवाले कर दिये गये—ज़फ़रशाह ख़ुश था कि उसने एक पहुँचे हुए बन्दे की ख़िदमत की है।

एक दिन हाफ़िज़ साहब व्हाइट हाउस में सो रहे थे कि अचानक बड़बड़ाने लगे।

इत्तफ़ाक़ से ज़फ़रशाह मौजूद था—वह कुर्सी पर बैठा हुआ था और उसकी आँख लगने ही वाली थी कि वह चौंक गया।

हाफ़िज़ साहब कह रहे थे : "हुक्म हुआ है...अभी-अभी हुक्म हुआ है... हाफ़िज़ हसन दीन, तुम दरिया-ए-रावी पर जाओ और वहाँ चिल्ला काटो...चिल्ला काटो, चिल्ला काटो...वहाँ तुम अपने मामूल से बात कर सकोगे..."

ज़फ़रशाह टैक्सी में हाफ़िज़ साहब को दरिया-ए-रावी पर ले गया।

दरिया-ए-रावी पर हाफ़िज़ हसन दीन छियालीस घण्टे तक, मालूम नहीं, क्या कुछ पढ़ता रहा—इसके बाद उसने ऐसी आवाज़ में, जो उसकी अपनी नहीं थी, खुद अपने आपसे कहा : "ज़फ़रशाह से तीन सौ रुपये और लो..."

ज़फ़रशाह ने तीन सौ रुपये दे दिये।

हाफ़िज़ हसन दीन ने अपनी बेनूर आँखें घुमाईं जिनमें मसर्रत[15] की झलक नज़र आ सकती थी और कहा : "हमसे जो कुछ कहा जाता है, वह हमें करना पड़ता है...पहले के पाँच सौ और तीन सौ यह...कुल आठ सौ हुए...गाँव के डाकख़ाने में हमारे बारह सौ रुपये जमा हैं...तुम कुछ फ़िक्र न करो, हम तुम्हें आठ सौ रुपये अदा कर देंगे...इन आठ सौ रुपयों का तो हम कुछ भी नहीं कर सकते, जब तक कि हमसे कुछ कहा नहीं जाता..."

ज़फ़रशाह बहुत मुतास्सिर हुआ : "जी नहीं...अदाइगी की क्या ज़रूरत है... आपकी ख़िदमत मेरा फ़र्ज़ है।"

ज़फ़रशाह बहुत दिनों तक हाफ़िज़ हसन दीन की ख़िदमत करता रहा—और हाफ़िज़ हसन दीन ने ज़फ़रशाह की उस ख़िदमत के एवज़ चालीस दिन का चिल्ला काटा।

अब ज़फ़रशाह ने कई मर्तबा महसूस किया कि वह पूरा सैयद बन गया है और उसकी तत्हीर[16] हो गयी है, मगर फिर उसको मायूसी होती क्योंकि वह अपने में कोई फ़र्क़ न देखता—उसकी तशफ़्फ़ी[17] नहीं होती थी।

उसने समझा कि शायद उसने हाफ़िज़ साहब की ख़िदमत पूरी तरह अदा नहीं की है जिसकी वजह से उसकी उम्मीद बर नहीं आती। चुनांचे उसने हाफ़िज़ साहब की ख़िदमत में दिन-रात एक कर दिया।

एक दिन उसने हाफ़िज़ साहब से कहा : "पीर साहब, मेरे हाल पर करम फ़रमाइए...मेरी मुराद कभी पूरी होगी या नहीं?"

हाफ़िज़ हसन दीन ने बड़े पीराना अन्दाज़ में जवाब दिया : "होगी, ज़रूर होगी...हम इतने चिल्ले काट चुके हैं...ऐसा मालूम होता है कि अल्लाह तबारक तआला तुमसे नाराज़ हैं...तुमने ज़रूर अपनी ज़िन्दगी में कोई गुनाह किया होगा।"

ज़फ़रशाह ने कुछ देर सोचा : "हुज़ूर, मैंने ऐसा कोई गुनाह नहीं किया जो..."

हाफ़िज़ साहब ने उसकी बात काटकर कहा : "नहीं, ज़रूर किया होगा...ज़रा सोचो।"

ज़फ़रशाह ने फिर कुछ देर सोचा : "एक मर्तबा मैंने अपने वालिद साहब के बटवे से आठ आने चुराये थे।"

"यह कोई इतना बड़ा गुनाह नहीं...और सोचो...कभी तुमने किसी लड़की को बुरी निगाहों से देखा था?"

ज़फ़रशाह ने हिचकिचाहट के बाद जवाब दिया : "हाँ पीरो-मुर्शिद...सिर्फ़ एक मर्तबा।"

"कौन थी वह लड़की?"

"जी, मेरे चचा की।"

"कहाँ रहती है?"

"जी, इसी घर में।"

हाफ़िज़ साहब ने हुक्म दिया : "बुलाओ उसको...क्या तुम उससे शादी करना चाहते हो?"

"जी हाँ...हमारी मँगनी क़रीब-क़रीब तय हो चुकी है।"

हाफ़िज़ साहब ने बड़े पुरजलाल[18] लहजे में कहा : "ज़फ़रशाह, बुलाओ उसको...तुमने मुझसे पहले ही यह बात कह दी होती तो मुझे बेकार इतना वक़्त ज़ाया न करना पड़ता।"

ज़फ़रशाह शशोपंज में पड़ गया—न वह हाफ़िज़ साहब का हुक्म टाल सकता था और न ही अपनीं होने वाली मंगेतर से यह कह सकता था कि वह हाफ़िज़ साहब से मिले। बादिले-तख़्वास्ता वह ऊपर गया।

बिलक़ीस बैठी नाविल पढ़ रही थी—ज़फ़रशाह को देख कर वह ज़रा सिमटी और फिर उसने कहा : "आप आज मेरे कमरे में कैसे आ गये?"

ज़फ़रशाह ने दबे-दबे लहजे में जवाब दिया : वह जो हाफिज़ साहब आये हुए हैं ना।"

बिलकीस ने नाविल एक तरफ़ रख दियाः "हाँ-हाँ...मैंने उन्हें कई मर्तबा देखा है...क्या बात है?"

"बात यह है कि वह तुमसे मिलना चाहते हैं।"

बिलक़ीस ने हैरत का इज़हार किया : "लेकिन उनकी तो आँखें नहीं हैं...और वह मुझसे क्यों मिलना चाहते हैं।"

"वह तुमसे चन्द बातें करना चाहते हैं...बड़े साहिब-कश्फ बुज़ुर्ग हैं...उनकी बरकत से, मुमकिन है, हम दोनों का भला हो जाये।"

बिलक़ीस मुसकराई : "मालूम नहीं, आप इतने ज़ईफ़लएतिक़ाद...क्यों हैं... चलिए...वह तो देख नहीं सकते, उनसे क्या पर्दा..."

ज़फ़रशाह के साथ बिलक़ीस नीचे व्हाइट हाउस में आ गयी। हाफ़िज़ हसन दीन बैठा चिलग़ोज़े खा रहा था—जब उसने क़दमों की चाप सुनी तो बोला : "आ गये ज़फ़रशाह!" ज़फ़रशाह ने ताज़ीमन[19] जवाब दिया : "जी हाँ हूज़ूर!"

"लड़की आयी है?"

"जी हाँ!"

हाफ़िज़ साहब ने अपनी बेनूर आँखों से बिलक़ीस को देखने की कोशिश की

और कहा : "बैठ जाओ मेरे सामने।"

बिलक़ीस सामने कुर्सी पर बैठ गयी।

हाफ़िज़ साहब ने ज़फ़रशाह से कहा : "अब तुम्हारी मुराद बर आयेगी...हम इस लड़की को वज़ीफ़ा[20] बताएँगे...इंशाअल्लाह सब काम ठीक हो जायेंगे।"

ज़फ़रशाह बहुत ख़ुश हुआ—उसने फ़लों की प्लेट बिलक़ीस की तरफ़ बढ़ाते हुए कहा : "हाफ़िज़ साहब, मालूम नहीं, कितनी देर लगायें...इनकी ख़िदमत करना न भूलना।"

हाफ़िज़ साहब ने कहा : "देखो, हम तुमसे बहुत ख़ुश हैं...आज हमारी तबीयत चाहती है कि तुम्हें भी ख़ुश कर दें...जाओ बाज़ार से चार तोले नौशादर, एक तोले चूना, दस तोले शंगर्फ़ और एक मिट्टी का कूज़ा ले आओ।"

ज़फ़रशाह भागा-भागा बाज़ार गया और तमाम चीज़ें ख़रीदकर ले आया।

जब वह अपने व्हाइट हाउस में पहुँचा तो उसने देखा कि किवाड़ खुले हुए हैं और अन्दर कोई भी नहीं है।

वह ऊपर गया तो उसे मालूम हुआ कि बिलक़ीस भी नहीं है।

---

1. नज़र, दृष्टि; 2. जिसका ईश्वर पर विश्वास दृढ़ न हो; 3. श्रद्धा; 4. सम्पूर्ण, पूरी तरह; 5. पूर्ति; 6. कृपा करके; 7. ब्रह्मज्ञानी; 8. उपचार, निदान; 9. नास्तिक; 10. वह दिखायी न देने वाली शक्ति जिसे जप-तप द्वारा वश में किया गया हो; 11. पवित्र शरीर, पवित्र अस्तित्व; 12. मौन, चुप्पी; 13. विनम्र, विनीत; 14. आदेश; 15. ख़ुशी, प्रसन्नता; 16. शुद्धि; 17. तसल्ली, सन्तुष्टि; 18. किसी ऋषि-मुनि-जैसे तेजमय या गर्वीले; 19. आदर सहित; 20. कुर्आन की आयत का जाप।

ख़्वाबे-ख़रगोश

सुरैया हँस रही थी, बेतरह हँस रही थी। उसकी नन्ही-सी कमर उस हँसी के बायस दोहरी हो गयी थी।

उसकी बड़ी बहन को बड़ा गुस्सा आया—वह आगे बढ़ी तो सुरैया पीछे हट गयी।

बड़ी बहन ने कहा : "जा मेरी बहन, बड़े ताक़ में से मेरी चूड़ियों का बक्स उठा ला, पर ऐसे कि अम्मीजान को ख़बर न हो।"

सुरैया अपनी बड़ी बहन से पाँच बरस छोटी थी—बिलक़ीस उन्नीस की थी।

सुरैया ने मुँह बनाते हुए और हँसते हुए कहा : "और जो न लाऊँ तो?"

बिलक़ीस ने जलकर कहा : "एक फ़क़त तू मुझ अल्लाहमारी का काम नहीं करेगी...निगोड़ियाँ हमसाया[1] चाहे तुमसे उपले थपवा लें!"

सुरैया को अपनी बहन पर प्यार आ गया—वह बिलक़ीस के गले से चिमट गयी : "नहीं बाजी, हमसाइयाँ जायें जहन्नम में...मैं तो तुम्हारी हर ख़िदमत के लिए तैयार हूँ...मैं अभी चूड़ियों का बक्स लाती हूँ।"

सुरैया चुटकियों में बक्स उठा लाई और उसने बिलक़ीस से बड़े जासूसाना अन्दाज़ में कहा : "आप ज़रूर सनीमा देखने जा रही हैं।"

"सुरैया, तू अब ज़्यादा बक-बक न कर...तेरी क़सम, मैं सनीमा नहीं जा रही हूँ।"

सुरैया ने बचपने के-से इस्तिफ़सार[2] से पूछा : "तो फिर यह तैयारियाँ क्यों हो रही हैं?"

"यह तू मेरा इम्तिहान लेने क्या बैठ गयी है और मैं बेवकूफ़ हूँ जो तेरी हर बात का जवाब दिये चली जा रही हूँ...तेरी बहस तो कभी ख़त्म नहीं होगी कमबख़्त!"

सुरैया कि नन्ही-सी जान थी, बेहद अफ़सुर्दा[3] हो गयी और उसका दिल धक-धक करने लगा—उसने अपनी बहन का हाथ पकड़ लिया : "आप नाराज़ हो गयी मुझसे?"

"चल दूर हो..." बिलक़ीस अपने आपसे, बल्कि हर चीज़ से बेज़ार हो रही थी : "आज मुझे एक ज़रूरी काम से बाहर जाना है, पर मुसीबत यह है कि जानें

अम्मीजान इजाज़त देती हैं या नहीं...वह कहेंगी : 'तू मुतवातिर तीन शामों से बाहर जा रही है...' और मैं उनसे वादा कर चुकी हूँ कि ठीक साढ़े आठ बजे पहुँच जाऊँगी।"

सुरैया ने पूछा : "किससे?"

बिलक़ीस ने ग़ैर इरादी तौर पर जबाव दिया : "लतीफ़ साहब से..." यह कहकर वह एकदम ख़ामोश हो गयी।

सुरैया सोचने लगी कि यह लतीफ़ साहब कौन हैं—उनके यहाँ तो कभी इस नाम का कोई आदमी नहीं आया था—उसने शशोपंज में अपनी बहन से पूछा : "यह लतीफ़ साहब कौन हैं बाजी?"

"लतीफ़ साहब...? मुझे क्या मालूम, कौन हैं...अरे...सचमुच यह कौन हैं?" और फिर एकदम संजीदा हो कर बिलक़ीस ने कहा : "सुैरया, तुने आज का सबक़ याद किया...? तू बहुत वह हो गयी है, इसीलिए तू ऊटपटाँग सवाल करती रहती है।"

सुरैया की मासूमियत को ठेस पहुँची : "मैंने कभी कोई वाहियात बात नहीं की है...आपने किस लतीफ़ साहब से मिलने का वादा किया हुआ है?"

बिलक़ीस उसकी मासूमियत से तंग आ गयी और झुँझला करबोली : "ख़ामोश रह..."

इतने में अन्दर सहन से बिलक़ीस की माँ की आवाज़ आयी : "बिलक़ीस... बिलक़ीस...!"

बिलक़ीस ने पर्स में से एक इकन्नी निकालकर सुरैया को दी और हौले लहजे में कहा : "इकन्नी की इमली ले आना...हर रोज़ एक इकन्नी दिया करूँगी तुझे इमली के लिए और देख, आधी इमली आज मेरे लिए रख छोड़ना...अम्मी मुझे बुला रही हैं...सुन, जो बातें हुई हैं, उनको न बताना...ले, वह ख़ुद ही आ रही हैं..." सहन के आगे बरामदे के फ़र्श पर उसने अपनी माँ के क़दमों की चाप सुनी और सुरैया से कहा : "भाग अब यहाँ से।"

बिलक़ीस की माँ—एक अधेड़ उम्र की औरत; बहुत गुस्सैली; एक जाबिर माँ के से ख़द्दोखाल[4]। बिलक़ीस की माँ ने आते ही बिलक़ीस को डाँटा : "यह जो मैं दो घण्टे से तुझे बुला रही हूँ...तूने कानों मे रुई ठूँस रखी है क्या?"

बिलक़ीस ने मिस्कीन[5] बिल्ली की-सी आवाज़ में जवाब दिया : "नहीं तो..."

बिलक़ीस की माँ की आवाज़ और ज़्यादा बुलन्द हो गयी : "और यह मैंने क्या सुना है?"

"क्या अम्मीजान?"

"कि तू फिर आज बाहर जा रही है...शरीफ़ बहू-बेटियों की तरह तेरा घर में जी ही नहीं लगता...दीदे का पानी ही ढल गया है।"

बिलक़ीस ने आँखें झुकाकर बड़ी नर्मो-नाज़ुक आवाज़ में कहा : "आप तो

नाहक़ बिगड़ रही हैं।"

बिलक़ीस की माँ जहाँआरा ग़ज़बनाक हो गयी : "अभी-अभी एक आदमी तुम्हारी किसी सहेली के यहाँ से आया था...कहता था कि बीवी भूल न जायें, उन्हें कॉलेज के जलसे में जाना है।"

बिलक़ीस झट से बोली : "हाय...जलसे में...? मैं तो बिलकुल भूल गयी थी...यह जलसा बहुत ज़रूरी है अम्मी जान...मैं न गयी तो प्रिंसिपल साहिबा बहुत बुरा मानेंगी...मुझे फ़ौरन तैयार हो जाना चाहिए।"

उसकी माँ को कॉलेज के जलसे-जुलूसों से कोई दिलचस्पी नहीं थी और फिर उसे खुशख़बरी सुनाई कि उनका फ्रॉड चल गया है और इजाज़त मिल गयी है।

बिलक़ीस ने अपना बुर्क़ा पहना—वह बाहर निकलने ही वाली थी कि उसकी माँ ने उसे बुलाया और कहा : "देखो बिलक़ीस, तुम जा रही हो लेकिन मेरा एक काम करती जाओ।"

उसको महसूस हुआ, उसका रेशमी बुर्क़ा लोहे की चादर बन गया है : "बताइए अम्मीजान!"

"एक ख़त लिखवाना है तुमसे।"

उसने एक शिकस्तख़ुर्दा[9] और गुलाम के मानिन्द ठण्डी साँस भरके कहा : "लाइए, लिख देती हूँ।"

उसके जिस्म का रुआँ-रुआँ रो रहा था—उसने जूँ-तूँ ख़त मुकम्मल किया।

बाहर ताँगा कब से खड़ा था—वह ताँगे में बैठ गयी और जहाँ उसे पहुँचना था, पहुँच गयी।

उसने दरवाज़े पर दस्तक दी मगर उसे कोई जवाब न मिला।

उसने किवाड़ों को गुस्से में आकर ज़ोर से धकेला—किवाड़ खुले हुए थे—वह गिरते-गिरते बची।

अन्दर उसका महबूब ख़्वावे-ख़रगोश[10] में था—उसने उसको जगाने की कोशिश की मगर वह बेदार न हुआ।

वह जल-भुन गयी और बड़बड़ाई : "मेरी जूती को क्या ग़रज़ पड़ी है कि यहाँ ठहरे...मैं इतनी मुसीबतों से यहाँ आयी हूँ और जनाब, मालूम नहीं, भंग पीकर सो रहे हैं..."

---

1. पड़ोसी; 2. जिज्ञासा, पूछताछ; 3. गम्भीर, उदास; 4. नैन-नक़्श; 5. दयनीय, अनाथ, ग़रीब; 6. न चाहते हुए; 7. बेचैनी; 8. अहसानमन्द; 9. हारे हुए; 10. गहरी नींद।

फ़ोजा हराम दा

टी हाउस में हरामियों की बातें शुरू हुईं तो यह सिलसिला बहुत देर तक जारी रहा।

हर एक ने कम अज़ कम एक हरामी के मुताल्लिक़ अपने तास्सुरात[1] बयान किये, जिससे उसको अपनी ज़िन्दगी में वास्ता पड़ चुका था–कोई जालंधर का था, कोई सियालकोट का; कोई लुधियाना का और कोई लाहौर का; मगर सबके-सब स्कूल या कॉलेज की ज़िन्दगी से मुताल्लिक़ थे।

मेहर फ़िरोज़ साहिब सबसे आख़िर में बोले–आपसे कहा : "अमृतसर में शायद ही कोई ऐसा आदमी हो जो फोजे हराम दे के नाम से नावाक़िफ़ हो। यूँ तो उस शहर में और भी कई हरामज़ादे थे मगर उसके पल्ले के नहीं थे। वह नम्बर एक हरामज़ादा था। स्कूल में उसने तमाम मास्टरों का नाक में दम कर रखा था। हेडमास्टर, जिसको देखते ही बड़े-बड़े शैतान लड़कों का पेशाब ख़ता हो जाता था, फोजे से बहुत घबराता था, इसलिए कि उस पर उनके मशहूर बेद का कोई असर ही नहीं होता था; यही वजह है कि उन्होंने तंग आकर उसको मारना छोड़ दिया था..."

"यह दसवीं जमात की बात है...एक दिन यार लोगों ने उससे कहा : 'देखो फोजे, अगर तुम कपड़े उतारकर नंग-धड़ंग स्कूल का एक चक्कर लगाओ तो हम तुम्हें एक रुपया देंगे...' फोजे ने रुपया ले कर कान में उड़सा, कपड़े उतारकर बस्ते में बाँधे और सबके सामने नंग-धड़ंग चलना शुरू कर दिया। वह जिस क्लास के पास से गुज़रता, वह ज़ाफ़रान ज़ार[2] बन जाती...चलते-चलते वह हेडमास्टर साहिब के दफ़्तर के पास पहुँच गया। उसने चिक़ उठाई और गड़ाप से अन्दर दाख़िल हो गया। मालूम नहीं, क्या हुआ कि हेडमास्टर साहिब सख़्त बौखलाये हुए बाहर निकले और उन्होंने चपरासी को बुला करउससे कहा : 'जाओ, भाग के फोजे के घर जाओ और उसके कपड़े ले आओ...कहता है, मस्जिद के सिक़ाबे में नहा रहा था कि कोई चोर उसके कपड़े उठाकर ले गया...' "

"दीनियात के मास्टर मौलवी पोटेटो थे...मालूम नहीं, उन्हें पोटेटो किस रिआयत से कहते थे क्योंकि आलुओं के तो दाढ़ी नहीं होती...उनसे फोजा जरा दबता था...एक दिन ऐसा हुआ कि अंजुमन में मेंबरों के सामने, जो स्कूल चलाते

थे, मौलवी साहिब ने ग़लती से फोजे से एक आयत का तरजुमा पूछ लिया। चाहिए तो यह था कि वह ख़ामोश रहता मगर फिर फोजा हराम दा पहचाना कैसे जाता। उसके मुँह में जो आया, उसने ऊल-जलूल बक दिया। मौलवी पोटेटो के पसीने छूट गये। मेंबरों के जाते ही उन्होंने अपना असा[3] उठाया और फोजे को वह चार चोट की मार मारी कि वह बिलबिला उठा मगर फिर भी बड़े अदब से कहता रहा : 'मौलवी साहब, मेरा कोई कुसूर नहीं...मुझे कलमा ठीक से नहीं आता और आपने एक पूरी आयत का मतलब पूछा लिया...' मारने से भी मौलवी पोटेटो साहब का जी हल्का न हुआ। वह फोजे के बाप के पास गये और उससे शिकायत की। फोजे के बाप ने उनकी सब बातें सुनीं और बड़े रहमनाक लह्जे में कहा : 'मौलवी साहब, मैं उससे ख़ुद आजिज़ आ गया हूँ। मेरी समझ में नहीं आता कि उसकी इसलाह[4] कैसे हो सकती है...अभी कल की बात है। मैं पाख़ाने गया तो उसने बाहर से कुंडी चढ़ा दी। मैं अन्दर से बहुत गरजा और उसे बेशुमार गालियाँ दीं। वह यही कहता रहा कि अगर मैं अठन्नी देने का वादा करूँगा तो दरवाज़ा खुलेगा और अगर वादा करके फिर जाऊँगा तो वह अगली मर्तबा कुंडी में ताला भी डाल देगा...नाचार[5] पहले वादा करना पड़ा, फिर अठन्नी देनी पड़ी। अब बताइए, मैं ऐसे नाबकार[6] लड़के का क्या करूँ..."

"अल्लाह ही बेहतर जानता था कि उसका क्या होगा...पढ़ता-वढ़ता ख़ाक भी नहीं था...इंटरेंस के इम्तिहान हुए तो सबको यक़ीन था कि बहुत बुरी तरह फ़ेल होगा, मगर नतीजा निकला तो सबसे ज़्यादा नम्बर उसी के थे। वह चाहता था कि कॉलेज में दाख़िल हो, मगर उसके बाप की यह ख़्वाहिश थी कि वह कोई हुनर सीखे। नतीजा यह निकला कि वह दो बरस तक आवारा फिरता रहा...इस दौरान में उसने जो हरामज़दगियाँ कीं, उनकी फ़ेहरिस्त बहुत लम्बी है..."

"तंग आकर उसके बाप ने बिलआख़िर उसे कॉलेज में दाख़िल करा दिया। पहले ही दिन उसने यह शरारत की कि मैथेमेटिक्स के प्रोफ़ेसर की साइकिल उठाकर एक दरख़्त की सबसे ऊँची टहनी पर लटका दी। सब हैरान कि साइकिल वहाँ पहुँची क्योंकर, मगर वे लड़के, जो स्कूल में फोजे के साथ पढ़ चुके थे, अच्छी तरह जानते थे कि कारस्तानी फोजे के सिवा और किसी की नहीं हो सकती। उस एक शरारत ही से उसका पूरे कॉलेज से तआरुफ़ हो गया..."

"स्कूल में उसकी सरगर्मियों का मैदान महदूद था। कॉलेज में यह मैदान बहुत वसी हो गया...पढ़ाई में, खेलों में, मुशाइरों और मुबाहसों में, क़यामत की शरारतों में, हर जगह फोजे का नाम रोशन था और थोड़े ही दिनों में उसका नाम इतना रोशन हुआ कि सारे शहर में उसके गुंडपने की धाक बैठ गयी और वह बड़े जुगादरी बदमाशों के कान काटने लगा..."

"उसका क़द नाटा था मगर बदन कसरती था। उसकी भेडो टक्कर बहुत

मशहूर थी। वह ऐसे ज़ोर से मद्दे-मुक़ाबिल के सीने में या पेट में अपने सिर से टक्कर मारता कि मद्दे-मुक़ाबिल के सारे वुजूद में ज़लजला-सा आ जाता..."

"एफ.ए. के दूसरे साल में उसने तफ़्रीहन प्रिंसिपल की नई मोटर के पैट्रोल टेंक में चार आने की शक्कर डाल दी जिसने कार का सारा इंजन ग़ारत कर दिया। प्रिंसिपल को किसी न किसी तरीक़े से मालूम हो गया कि यह ख़तरनाक शरारत फोजे की है, मगर हैरत है कि उन्होंने उसको माफ़ कर दिया। बाद में मालूम हुआ कि फोजे को उनके बहुत से राज़ मालूम थे..."

"यह वह ज़माना था, जब काँग्रेस का बहुत ज़ोर था...अंग्रेज़ों के ख़िलाफ़ खुल्लमखुल्ला जलसे होते थे। हुकूमत का तख़्ता उलटने को कई नाकाम साज़िशें हो चुकी थीं। गिरफ़्तारियों की भरमार थी। सब जेल बाग़ियों से पुर थे। आये दिन रेल की पटरियाँ उखाड़ी जाती थीं। ख़तों के भवकों में आतिशगीर माद्दा डाला जाता था। बम बनाये जा रहे थे। पिस्तौल बरामद होते थे। ग़रज़ कि एक हंगामा बरपा था जिसमें स्कूलों और कॉलेजों के तालिबे-इल्म भी शामिल थे..."

"फोजा सियासी आदमी बिलकुल नहीं था...मेरा ख़याल है, उसको यह भी मालूम नहीं था कि महात्मा गांधी कौन है, लेकिन जब अचानक एक रोज़ उसे पुलिस ने गिरफ़्तार कर लिया और वह भी एक साज़िश के सिलसिले में, तो सबको बड़ी हैरत हुई..."

"इससे पहले कई साज़िशें पकड़ी जा चुकी थीं, सांडर्स के क़त्ल के सिलसिले में भगत सिंह और दत्त को फाँसी हो चुकी थी। इसलिए यह नया मामला भी कुछ संगीन ही मालूम होता था...इल्ज़ाम यह था कि मुख़्तलिफ़ कॉलेजों के लड़कों ने मिलकर एक ख़ुफ़िया जमात बनाई है जिसका मक़सद हुज़ूर मलिके-मुअज़्ज़म की सल्तनत का तख़्ता उलटना है..."

"कुछ लड़कों ने कॉलेज की लेबोरेटरी से पिकरिक ऐसिड चुराया था जो बम बनाने के काम आता है...फोजे के बारे में शुब्हा था कि वह उस चोरी में शरीक था और उसको तमाम ख़ुफ़िया बातों का इल्म था..."

"उसके साथ कॉलेज के दो और लड़के भी पकड़े गये थे। उनमें एक, मशहूर बैरिस्टर का लड़का था और दूसरा रईसज़ादा। दोनों डॉक्टरी मुआइने के मुताबिक़ मरीज़ थे, इसलिए पुलिस की मारपीट से बच गये...शामत ग़रीब फोजे हराम दे की आयी। थाने में उसको उल्टा लटका-लटकाकर पीटा गया। बर्फ़ की सिलों पर खड़ा किया गया। ग़रज़ कि हर क़िस्म की जिस्मानी अज़ीयत[7] उसे पहुँचाई गयी कि वह राज़ की बातें उगल दे, मगर वह भी कुत्ते की एक हड्डी था, टस से मस न हुआ, बल्कि थाने में भी कमबख़्त अपनी शरारतों से बाज़ न आया..."

"एक मर्तबा जब वह मार बरदाश्त न कर सका तो उसने थानेदार से हाथ रोक लेने की दरख़्वास्त की और वादा किया कि वह सब कुछ बता देगा...वह

बिलकुल निढाल था, इसलिए उसने गर्म-गर्म दूध और जलेबियाँ माँगीं। जब उसकी तबीयत क़दरे-बहाल हुई तो थानेदार ने काग़ज़-क़लम सँभाला और उससे कहा : 'अब बताओ...' फोजे ने अपने मार खाये हुए आज़ा का जाइज़ा अँगड़ाई ले कर लिया और जवाब दिया : 'अब क्या बताऊँ ताक़त आ गयी है...चढ़ा दो फिर मुझे टकटकी पर...' "

"ऐसे और भी कई क़िस्से हैं जो मुझे याद नहीं रहे, मगर यह क़िस्सा बहुत पुरलुत्फ़ है...मलिक हफ़ीज़, जो हमारा हमजमाअत था, उसकी ज़बान से आप सुनते तो और ही मज़ा आता..."

"एक दिन पुलिस के दो सिपाही फोजे को अदालत में पेश करने के लिए ले जा रहे थे कि कचहरी में उसकी नज़र मलिक हफ़ीज़ पर पड़ गयी जो किसी काम से वहाँ आया था...मलिक हफ़ीज़ को देखते ही फोजा पुकारा : 'अस्सलाम अलैकुम हफ़ीज़ साहिब...' मलिक हफ़ीज़ चौंका। फोजा हथकड़ियों में उसके सामने खड़ा मुसकरा रहा था : 'मलिक साहिब, बहुत उदास हो गया हूँ...जी चाहता है, आप भी आ जायें मेरे पास...बस मेरा नाम ले देना ही काफ़ी है..."

"मलिक हफ़ीज़ ने जब फोजे की बात सुनी तो उसकी रूह क़ब्ज़ हो गयी... फोजे ने मलिक हफ़ीज़ को ढारस दी : 'घबराओ नहीं मलिक, मैं तो मज़ाक़ कर रहा हूँ...वैसे मेरे लायक़ कोई ख़िदमत हो तो बताओ...' अब आप ही बताइए कि फोजा किस लायक़ था। मलिक हफ़ीज़ घबरा रहा था और कन्नी कतरा के भागने ही वाला था कि फोजे ने कहा : 'भई और तो हमसे कुछ हो नहीं सकता, कहो तो तुम्हारे बदबूदार कुएँ की गार निकलवा दें..."

"मलिक हफ़ीज़ ही आपको बता सकता है कि फोजे को उस कुएँ से कितनी नफ़रत थी...उस कुएँ के पानी से ऐसी बिसांद आती थी जैसी मरे हुए चूहों से आती है...मालूम नहीं, लोग उसे साफ़ क्यों नहीं कराते थे..."

"एक हफ़्ते के बाद, जैसा कि मलिक हफ़ीज़ का बयान है, वह बाहर नहाने के लिए निकला तो क्या देखता है कि दो-तीन टोबे कुएँ की गन्दगी निकालने में मसरूफ़ हैं...मलिक हफ़ीज़ बहुत हैरान हुआ कि माजरा क्या है। टोबों को बुलाया किसने है...पड़ोसियों का ख़याल था कि बड़े मलिक साहिब को बैठे-बैठे ख़याल आ गया होगा कि चलो कुएँ की सफ़ाई हो जाये, लोग भी क्या याद रखेंगे... लेकिन पड़ोसियों को जब यह मालूम हुआ कि छोटे मलिक को इस बारे में कुछ इल्म नहीं और यह कि बड़े मलिक साहिब तो शिकार पर गये हुए हैं तो उन्हें भी हैरत हुई...पुलिस के बेवर्दी सिपाहियों से पूछा गया तो मालूम हुआ कि वह फोजे हराम दे की निशानदेही पर कुएँ में से बम निकलवा रहे हैं..."

"बहुत देर तक गन्दगी निकलती रही। पानी साफ़-शफ़्फ़ाफ हो गया, मगर बम तो क्या, एक छोटा-सा पटाखा भी बरामद न हुआ। पुलिस बहुत भिन्नाई। चुनांचे

फोजे से बाज़पुर्स[8] हुई। उसने मुसकराकर थानेदार से कहा : 'भोले बादशाहो, हमें तो अपने यार का कुआँ साफ़ कराना था, सो हमने करा लिया..."

"बड़ी ख़ूबसूरत शरारत थी, मगर पुलिस ने फोजे को वह मारा, वह मारा कि मार-मारकर अधमुआ कर दिया...और फिर एक दिन यह ख़बर आयी की फोजा सुलतानी गवाह बन गया है। उसने वादा कर लिया है कि वह सब कुछ बक देगा..."

"कहते हैं, उस पर बड़ी ला'न-ता'न हुई...उसके दोस्त मलिक हफ़ीज़ ने भी, जो हुकूमत से बहुत डरता था, उसको बहुत गालियाँ दीं : 'हरामज़ादा डर के मारे गद्दार बन गया है...मालूम नहीं, अब किस-किसको फँसायेगा...' "

"बात असल में यह थी कि वह मार खा-खा कर थक गया था। जेल में उसको किसी से मिलने नहीं दिया जाता था। मुरग्ग़न ग़िज़ाएँ[9] खाने को दी जाती थीं, मगर सोने नहीं दिया जाता था। कमबख़्त को नींद बहुत प्यारी थी, इसलिए तंग आकर उसने सच्चे दिल से वादा कर लिया कि वह बम बनाने की साज़िश के जुमला हालात बता देगा।"

"रखा तो उसे जेल ही में गया, मगर अब उस पर कोई सख़्ती न थी। कई दिन तो उसने आराम किया कि उसके बन्द-बन्द ढीले हो चुके थे...अच्छी ख़ुराक मिली और बदन पर मालिशें हुईं तो वह बयान लिखवाने के क़ाबिल हो गया।"

"सुबह लस्सी के यह दो बड़े गिलास पीकर वह अपनी दास्तान शुरू कर देता। थोड़ी देर के बाद नाश्ता आता तो उससे फ़ारिग़ हो कर वह पन्द्रह-बीस मिनट आराम करता और फिर कड़ी से कड़ी मिला करअपना बयान जारी रखता..."

"आप मुहम्मद हुसैन स्टेनोग्राफ़र से पूछिए, जिसने फोजे का बयान टाइप किया था...उसका कहना है कि फोजे हरामदे ने पूरा एक महीना लिया और वह सारा जाल खोल के रख दिया जो साज़िशियों ने मुल्क के इस कोने से उस कोने तक बिछाया हुआ था और मज़ीद[10] बिछाने का इरादा रखते थे। उसने सैकड़ों आदमियों के नाम लिए और और ऐसी हज़ारों जगहों का पता बताया जहाँ साज़िशी लुक-छुप के मिलते थे और हुकूमत का तख़्ता उलटने की तरकीबें सोचते थे।"

"वह बयान, मुहम्मद हुसैन स्टेनोग्राफर का कहना है, फुल स्केप के ढाई सौ सफ़हों पर फैला हुआ है...जब फोजे का बयान ख़त्म हुआ तो पुलिस ने उसे सामने रखकर प्लान बनाया। चुनांचे फ़ौरन नई गिरफ़्तारियाँ अमल में आयीं और एक बार फिर फोजे की माँ-बहन पुनी जाने लगी।"

"अख़बारों ने भी दबी ज़बान में फोजे के ख़िलाफ़ काफ़ी ज़हर उगला... अकसरियत[11] हुक्काम के ख़िलाफ़ थी, इसलिए फोजे की ग़द्दारी की हर जगह मज़म्मत[12] होने लगी।"

"फोजा जेल में था जहाँ उसकी ख़ूब ख़ातिर-तवाज़ोहो रही थी...यह बड़ी

तुर्रेवाली कलफ़ लगी पगड़ी सिर पर बाँधे, दो घोड़े की बोसकी की क़मीस और चालीस हज़ार लट्ठे की घेरेदार शलवार पहने वह जेल में यूँ टहलता था जैसे कोई अफ़सर मुआइना कर रहा हो।"

"जब सारी गिरफ़्तारियाँ अमल में आ गयीं और पुलिस ने अपनी कार्रवाई मुकम्मल कर ली तो साज़िश का यह मार्का अंगेज केस अदालत में पेश हुआ। लोगों की भीड़ जमा थी।"

"पुलिस की हिफ़ाज़त में जब फोजा नुमूदार हुआ तो गुस्से से भरे नारे बुलन्द हुए : 'फोजा हराम दा : मुर्दाबाद...फोजा हराम दा : मुर्दाबाद :...' हुजूम बहुत मुश्तइल[13] था और ख़तरा था कि फोजे पर टूट न पड़े, इसलिए पुलिस को लाठी चार्ज़ करना पड़ा जिसके बायस कई आदमी ज़ख़्मी हुए।"

"अदालत में मुक़द्दमा पेश हुआ...जब फोजे से पूछा गया कि वह उस बयान के मुताल्लिक क्या कहना चाहता है जो उसने पुलिस को दिया था तो उसने अपनी लाइल्मी का इज़हार किया : 'जनाब, मैंने कोई बयान-वयान नहीं दिया है...इन लोगों ने ख़ुद ही एक पुलंदा-सा तैयार किया था और ज़बर्दस्ती मुझसे दस्तख़त करवा लिए थे...' यह सुन कर इंस्पेक्टर पुलिस की, बक़ौल फोजे, भमीरी भौ गयी। और जब यह ख़बर अख़बारों में छपी तो सब चकरा गये कि फोजे हराम दे ने यह क्या नया चक्कर चलाया है।"

"चक्कर नया ही था, क्योंकि अदालत में उसने एक नया बयान लिखवाना शुरू कर दिया जो पहले बयान से बिलकुल मुख़्तलिफ़ था...नया बयान क़रीब-क़रीब पन्द्रह दिन में ख़त्म हुआ, और जब ख़त्म हुआ तो फुल स्केप के एक सौ अठावन सफ़हे काले हो चुके थे... फोजे का कहना है कि उस नये बयान से जो हालत पुलिसवालों की हुई, नाक़ाबिले-बयान है...पुलिस ने जो इमारत खड़ी की थी, कमबख़्त ने उसकी एक-एक ईंट उखाड़ के रख दी..."

"सारा केस चौपट हो गया...नतीजा यह निकला कि उस साज़िश में जितने लोग गिरफ़्तार हुए थे, उनमें से अक्सर बरी हो गये।"

"दो को तीन-तीन बरस की और पाँच को छह-छह महीनों की सज़ाये-क़ैद हुई।"

जो लोग यह क़िस्सा मेहर फ़िरोज़ साहिब से सुन रहे थे, उनमें से एक ने पूछा : "और फोजे को?"

मेहर फ़िरोज़ साहिब ने कहा : "फोजे को क्या होना था...वह तो वादा माफ़ यानी सुलतानी गवाह था।"

सबने फोजे की हैरतअंगेज़ ज़हानत को सराहा कि उसने पुलिस को किस सफ़ाई से ग़च्चा दिया।

एक ने, जिसके दिलो-दिमाग़ को फोजे हराम दे की शख़्सियत ने बहुत ज़्यादा

मुतास्सिर किया था, मेहर फ़िरोज़ साहिब से पूछा : "फोजा आजकल कहाँ होता है?"

"यहीं लाहौर में है...आढ़त की दूकान करता है।"

इतने में बैरा बिल ले कर आया और मेहर फ़िरोज़ साहिब के सामने रख दिया, क्योंकि चाय वग़ैरह का आर्डर उन्होंने दिया था।

फोजे की शख़्सियत से मुतास्सिरशुदा साहिब ने बिल देखा और उनका बढ़ता हुआ हाथ रुक गया, इसलिए कि रक़म ज़्यादा थी। चुनांचे वह ऐसे ही मेहर फ़िरोज़ से मुख़ातिब हुए : "आपके इस फोजे से कभी मिलना चाहिए।"

मेहर फ़िरोज़ उठे : "आप उससे मिल चुके हैं...यह ख़ाकसार ही फोजा हराम दा है...बिल आप अदा कर दीजिएगा...अस्सलामअलैकुम" यह कहकर वह तेज़ी से बाहर निकल गये।"

□□

---

1. विचार, ख़यालात; 2. हँसी से लोटपोट हो जाना; 3. डण्डा या लाठी; 4. सुधार; 5. मजबूरन; 6. निकम्मा; 7.कष्ट, तकलीफ़; 8. पूछताछ, जवाबतलबी; 9. पौष्टिक खाद्यपदार्थ; 10. ज़्यादा, अधिक; 11. बहुमत; 12. निंदा, बुराई; 13. उत्तेजित।